心灵鸡汤

那些年我们
学会了承受时光

陈晓辉　一路开花／主编

煤炭工业出版社
·北京·

图书在版编目（CIP）数据

那些年我们学会了承受时光／陈晓辉，一路开花主编． -- 北京：煤炭工业出版社，2017(2023.1 重印)（品读心灵鸡汤）

ISBN 978 - 7 - 5020 - 5854 - 8

Ⅰ.①那…　Ⅱ.①陈…　②一…　Ⅲ.①故事—作品集—中国—当代　Ⅳ.①I247.81

中国版本图书馆 CIP 数据核字（2017）第 110323 号

那些年我们学会了承受时光

主　　编	陈晓辉　一路开花
责任编辑	马明仁
编　　辑	郭浩亮
封面设计	宋双成

出版发行	煤炭工业出版社（北京市朝阳区芍药居 35 号　100029）
电　　话	010 - 84657898（总编室）
	010 - 64018321（发行部）　010 - 84657880（读者服务部）
电子信箱	cciph612@126.com
网　　址	www.cciph.com.cn
印　　刷	北京飞达印刷有限责任公司
经　　销	全国新华书店

开　　本	710mm×1000mm$^1/_{16}$　印张　14　字数　180 千字
版　　次	2017 年 6 月第 1 版　2023 年 1 月第 4 次印刷
社内编号	8734　　　　　　　定价　46.00 元

Contents 目录

第一辑
油腻男与素心女的幸福软着陆

第二辑
沉默的石头会开花

Part 03

第三辑
请让每个小孩都找到回家的路

第四辑
如果爱意可以快递

第五辑
有些秘密经不起风吹

第六辑
怀念青春，怀念同桌的你

油腻男与素心女的幸福软着陆

　　课间操时间，我们也会在密集的人群里相遇。每次看见他，我故意把目光转移，在他没注意我时，我又会久久地盯着他熟悉的背影愣神。他依旧那么瘦，头发剪短了。他站在他们班的队伍前面，穿着绿色的上衣，黑色的裤子，远远看去，就像春天里一棵朝气蓬勃的小树。

这场爱情比 PORTS 还温暖

文 / 邹华卫

　　在爱情里，坚贞是假相，誓言是应景，生活是改变，统统在永远之前就有了结局。

——张嘉佳

暗恋与 PORTS

　　李筱音喜欢高俊，喜欢很久了。

　　高俊是李筱音的同事，有高而挺直的鼻梁，沉静睿智的眼神，并且，他还是李筱音最着迷的那种，能把白衬衣穿得极干净的男生。

　　每天上班等电梯，李筱音都是一边搓手取暖，一边张望着。通常，高俊会比她晚到一点。当高俊慢慢走过来时，李筱音会跟他打一个招呼，彼此心有灵犀地一笑。其实他们早就认识，但之间的关系，却始终停留在淡淡一笑的位置。

　　李筱音说不清自己是怎样沉陷到这场暗恋里的，她不敢说出来，更不敢付诸行动去追求。原因嘛，是因为李筱音觉得自己不够漂亮，她自认为是扔到人堆里就会消失的那种女孩，怎么有资格有胆量去追一个男生呢？况且，还是一位优秀的男生。

　　不过，李筱音没有办法说服自己放弃，也只能兀自喜欢下去。她觉得自己挺矫情挺小资，着迷的男生跟喜欢的 PORTS 羽绒服，都是同样的可望而不可及。

威海的冬天很冷很潮，瘦瘦的李筱音怎么穿都觉得冷，晚上睡觉，铺着电热毯再搂着热宝，才会有一点不会冻死的安全感。李筱音羡慕同事身上厚厚的PORTS羽绒服，那么漂亮的衣服，就连看上去都有着月光般的轻柔和温暖，真让人心动。

其实她也早就看上PORTS家一款中长的双面穿羽绒服，可调节的领子，松紧腰身，小小的抹圆衣角，每一个细节都堪称完美。颜色也让人中意，一面宝蓝，高雅清丽；一面深灰，低调干练。

她去专柜试过，穿上去，又轻又暖，连心情都不一样了。可是价钱也让人咋舌呀，李筱音在导购小姐期盼的目光下，微微笑着把衣服脱下来，那样子颇有大将风范，好像是随便看看，随时会买。没钱是没钱，但她绝不露怯。

李筱音也看过淘宝的高仿款，不过三四百块钱的样子。可是李筱音一个月的生活费只有一千多块，她想，宁缺毋滥是一种态度，才不要义乌生产出来的盗版货。

而对待高俊，李筱音的态度也是一样，宁缺毋滥，就这么暗自爱着吧，说不定哪天机会来了，那就对他表白。她甚至一万次设想自己的表白方式：给高俊发一条短信，只有五个字：说你爱我吧。如果高俊懂得最好，如果他不能领会，那么就接着发下一条：陈淑桦的这首歌你听过吗？

李筱音泪点低，为自己的聪明感动到想哭。她想，如果高俊不能领会，与她失之交臂，那才是他真正的损失。

冷到想哭的节奏

威海的冬天冷是冷，可即便没有PORTS的温暖，挺一挺也过得去。春天来的时候，李筱音发现，自己喜欢的那件PORTS还落寞地挂在专柜里。

当然，李筱音没有太多时间去思考它，单位的事情又忙又乱，真叫一个烦。

初秋，李筱音得到一个去泰安考察学习的机会，一行六人，高俊带队。李筱音暗自欢喜，她多么希望会有一个机会，能和高俊的关系有一个质的飞跃。可是很遗憾，如此近距离的接触，只给李筱音一种直觉，高俊已经有了喜欢的人，那个人，不是她。

学习结束，已买了第二天上午的回程车票，同事们犹豫要不要爬泰山。这个想法最终被否决掉，已经黄昏了，登顶要下半夜，还是放弃吧。

李筱音没言语，她心里堵得难受，生性又不是悲悲戚戚的女子，想来想去，决定上山。她要用一次强体力的活动来埋葬伤心。

趁大家不注意，李筱音跑了出去。也不听山脚店铺里店主的好心劝说，执意在黄昏中沿着红门开始向上走。

大概半个小时后，看到两旁的山谷和树木瞬间沉寂在黑暗中时，李筱音变得恐慌起来。夜风袭来，李筱音因为寒冷而微微颤抖，她站在那里，进退维谷，忽然，一束灯光在身后闪过，随之是清晰的脚步和一个熟悉而急切的声音："筱音吗？"

如落水遇见浮木。

是高俊！李筱音激动得说不出话来，高俊嗔怪李筱音擅自行动，李筱音便把溢出的泪水一点一点逼退。高俊是领队，自己，就不要多情了。

可高俊还是陪她上了山。

山风逼人，李筱音没话找话："你穿衣服会在乎品牌吗？"

"品质如果高百分之十，价格就高百分之五十，我一直认为品牌的性价比比较低。"高俊是学经济的，回答得很专业。

"可是，我还是喜欢品牌的东西，比如，PORTS 有一款羽绒服。我冬天看上的，没舍得买，到山顶估计会很冷，用得上羽绒服。"

高俊笑了，"肯定冷，可以租大衣，你们女生就喜欢为施华洛的假水晶买单。我有个朋友，买了件 PORTS 的夏衣，花了两千多，一点也不好看，穿一次就不穿了，送人都没人要！"

李筱音抿了抿唇，这个朋友，该是他喜欢的女孩吧。她低低地咕哝："送我我肯定要，她穿多大码？不要，就送我好了。"李筱音想，爱情和衣服一样吧，有的人不喜欢，有的人执着地喜欢。如果有一天，高俊被丢掉了，她一定会不顾一切地捡回来，当做至宝。

途中，高俊很自然地照顾李筱音，陡峭的十八盘，高俊牵住了李筱音的手。高俊的掌心很暖，李筱音感觉得到他手指骨骼的清晰，她很享受，多么想可以一直这样牵手走下去。之后，李筱音便开始体力不支，累得说不出话，几乎要全部依靠高俊的力量。

高俊笑，"就这点体力？说说，是什么力量蛊惑你一个人夜闯泰山？"

李筱音不语，她想哭，却用力忍着，只是一块接一块接过高俊递过来的巧克力。

到达顶峰的时候已经凌晨三点，高海拔的山峰寒冷逼仄，高俊租来两件大衣。可是里面的衣服被汗浸透，裹着大衣也还是寒冷，李筱音没来由地想起专卖店的那件 PORTS 羽绒服。再看看身边貌似有女友的高俊，又失落又伤心，终于泪如雨下。

高俊莫名其妙又手足无措，"怎么了，怎么了？"

李筱音哭得抽泣起来，"太冷了，我在想那件，PORTS 的羽绒服。"

高俊叹了口气，伸出手臂，把李筱音裹在了自己怀里。

比 PORTS 更靠谱

李筱音把高俊的拥抱解释为无关爱情，只关温暖，所以他们的关系仍旧回到从前的样子。

元旦时京东搞活动，李筱音囤购生活用品，快递收到手软。接到电话，她仍然习惯性地说，快递帮我放到收发室吧。对面的人沉默了一会儿，说："我是高俊啊。"

高俊问李筱音："你要什么生日礼物？"

李筱音惊讶，"你怎么知道我的生日？"

"那次学习，你资料上填着啊，一月十八日。"

李筱音的生日不是一月十八日，那是身份证上的日子，她习惯过农历生日，农历的十二月初二，已经过去很多天了。可是，可是，李筱音小私心地想，如果说出真相，恐怕，他就不会送自己礼物了吧。

李筱音说："青岛路那边有个精品店，你陪我去看看？"

其实，李筱音真正想要的，是让高俊陪自己在青岛路上走一段啊。李筱音不止一次地从那条路上走过，高大繁茂的银杏树婆娑着，阳光透过叶子，落下无数圆圆的闪亮的光斑。跳跃着，灵动着，让人禁不住心生欢喜。李筱音总会憧憬，这条路，多么适合和一个人牵手一起走啊，希望有一天，会与高俊一起，到这里走一程。

刚刚来了寒流，空气冷而清，俨然是冬天的味道。银杏树上已经光秃秃的了，透过灰白色的枝枝丫丫，天蓝得不像样子。

李筱音跟高俊一起默默地走，她有一种奇怪的感觉，觉得即使一句话也不说，高俊也知道她心里在想着什么。李筱音的脸红了起来，她希望他知道，又怕他知道，她想跟他说点什么，又不知道该说什么。

看着眼前的路越来越短，李筱音暗暗下定决心，等走到尽头，就握住高俊的手。不说什么，也不做什么，只是让他感受一下她手心的温度。之后不论怎样，至少这一秒，她拥有了高俊。

但是，李筱音终于没有，她不敢。她怕惊扰到他，之后连这一刻的欢喜都不会再拥有。她怕他投以惊诧的眼神，怕他对她残酷地证实：对不起，我已经有了女朋友。李筱音不知不觉放慢脚步，终于在看到尽头时，绝望到轻轻哽咽。

"怎么，又冷了？还是，想那件 PORTS 羽绒服？"

高俊微笑着，伸手环住她，紧紧把她环进怀里，柔声说："筱音，让我温暖你吧，我会比 PORTS 羽绒服更靠谱。还有，有句话，我在心里温习好久了，上次错过了，但今天我一定要说出来。"高俊顿了顿，拥着她的双臂更加有力，"筱音，说你爱我好不好？"

那一瞬，世界仿佛都为李筱音停了下来，空气温柔得像在夕阳里舒展开的泡面。

回时，恰遇快递小哥送来一个她未曾下单的包裹，打开，是那件喜欢的 PORTS 羽绒服。天气应景地下起雪，不大，却白茫茫地冷着。

高俊含笑帮雀跃的李筱音穿上，把她包裹得严严实实。可李筱音的感觉既明朗又清晰，给她温暖和安全感的，哪里是 PORTS，分明是高俊眼里盈盈满满的爱意啊。

选自《语文报》2016 年第 21 期

> 美丽的爱情让人向往，那些男生温暖的笑脸和微小的爱的举动，都可以让自己幸福半天。有爱情相伴的人，真好！

油腻男与素心女的幸福软着陆

文 / 邹华卫

能够让人从癫狂中沉静，从暴戾中平和的力量，就是所谓的爱情吧。

——独木舟

素心女的安全距离

在曾平之前，有相处半年的男人企图拥抱我，得到的是我毫不思索的一记耳光，就因为觉得恶心。或许是我有点变态，可只要想到那些泥巴做的男人与我有一点亲密举动，我心里就有无比的抵触。

勉强可以接受曾平，曾平穿白净的衬衣，是英俊清爽的白领男。唯一的缺陷，是他离我所在的城市有两个小时的车程，将来结婚，照顾我多病的父母恐怕很不方便。但他有房有车，相比之下，我还算比较满意。

不过对曾平最满意的还是他与我相处的方式，不粘不稠，若即若离，相处八个月也只是牵牵手，正是我所适应的距离。

闺蜜告诫我："啥？两次见面还是你去找他？这人绝对不靠谱儿！"

我微微一笑不做深究，曾平每天与我有十分钟电话交流，我要上班要学习要休息，我能分给他的时间，也绝不多于十分钟。

没别的，我是素心女，他为寡淡男，如此，正合我的心意。

在谢大远出现之前，我已经默认与曾平的感情了。

油腻男来袭

谢大远是闺蜜的同学。

闺蜜约我参加户外活动，不曾说要露宿。夜幕降临，我身无着落之时，谢大远取出帐篷以及我需要的所有装备隆重救急，闺蜜当着谢大远的面儿霸道地做我的主："小莫你花点时间塑造一下谢大远。"

于是，谢大远看我的时候，那张大胖脸上的笑意就一次比一次深。

可这厮，身高体壮，敦实厚重，脸上茂盛地生长着光闪闪的痘痘，让人一看便生出油腻腻的感觉。

闺蜜提出混帐，意即：男女混住一个帐篷，被我一口否决。在我的坚持之下，我与闺蜜同宿，谢大远与一干男生也在海滩安营扎寨。

我梦见夏威夷海滩，穿比基尼的我躺在橡皮筏上随波逐浪，突然有个男人的声音在我耳边极尽温柔，是谢大远。

我"啊"一声尖叫醒来，竟然真的看见谢大远那张胖脸。惊恐万分，刚欲再喊，却见谢大远站在及踝的海水中，一边拉着湿漉漉的我，一边手忙脚乱地收拾东西。原来我们低估了涨潮的威力，营地没选好。

谢大远哈哈大笑像个恶作剧得逞的小孩，看我的眼神又满含了爱护与关切，那样子让我心无顾忌地生起对他的柔软，觉得他一声召唤，我就会为他长出飞翔的翅膀。

这是与诸多男人相处从未有过的感觉，包括曾平。

大家拾掇好狼藉，疲惫之下，谢大远胖大的身体"通"一下拍倒在海滩上。沙子被砸得飞溅，我仿佛看到他笨重的身体压在弹簧床上，床上下颤动，仿佛电影里香艳的场景。

崩溃，他就是我无法接受的那种烂泥巴做的油腻男。

只是缺少真爱

可谢大远从那晚开始，便一本正经地以恋人的身份出现在我的生活中。

他隔三岔五便傻笑着把他油腻腻的一堆儿送来，不光送来他自己，还送来粘乎乎的情话儿，精巧的小礼品，送来活色生香的零食与菜肴。

谢大远与曾平的不同在于，他们各居南北，与我的直线距离相差无几，但曾平因为远，相识八个月未曾造访我；而在谢大远眼里，我们之间没有距离。并且，他不来的日子，稍有闲暇便在 Q 上问候，油嘴滑舌，腻腻歪歪。

我发过去一个疲累的图片言说我的状态，谢大远当即回一个哭脸表示同情，我硬邦邦地告诫他："男人心软不是好事。"谢大远迅速回："再坚硬的男人，都会为喜欢的女人在心里留一块儿柔软的地方。"

我无语。

与曾平说话必须说白，否则他不懂。而与谢大远不必，他能精准地理解我话里的意思，心有灵犀的感觉，让我喜欢。

谢大远是个搞笑天才，我以为无法接受他的聒噪，却还是在他惟妙惟肖的耍宝之下笑得花枝乱颤。每当这时我都会想，我还是原来那个素心传统女吗？不过，谢大远能把不苟言笑的我逗得笑成这样，也算本事了。

海边一见之后才一个月，谢大远便无视我的警告拥抱了我。陷在他粗大的胳膊肉乎乎的肩膀厚实的胸膛之中，明明感觉油腻到遗憾，却没有拒绝也没有给他耳光。只是，与曾平尚未结束的感情适时浮出，让我自我检讨了一小下。

原来我并不是变态，只是缺少真爱。

油腻男落败

还是与谢大远分手了。

因为谢大远只是个普通商人，房是经适房，车是二手车，开个不咸不淡的劳保用品店。父母在乡下，没有退休工资，没有医疗保障，种地喂猪讨生活。

而曾平，父亲是税务局前任科长，母亲是医院前妇科主任，最不济的他，也在一国企财务部。家里有房有车，小富即安，长相有型有款，干净利落。与曾平相比，谢大远黯淡无光。

说实在的，如果不是曾平亮闪闪的附加条件以及他干净清爽的外形，我或者会屈从于谢大远的油腻。我可以对自己说，我要找个放我在心上的对象而不能以貌取人。可是权衡之下我无法释然，除了外表我无法接受，且结婚以后，众姐妹一起八婆的时候，又让我如何开口？

别说我物质，谁又不物质？不过有隐约含蓄的，有磊落光明的。小女子我无帮无靠且父母多病，还是要努力抓住一个增加自己幸福筹码的机会。

与谢大远说分手，我问他："你还会想我吗？"

他表情凝重："你吃素菜喝矿泉水，牛奶都不肯沾边，唉，太单薄又太单纯。所以，我担心你也会祝福你。"

这话令我心碎。

爱情两个字在我心底挣扎，但我还是用油腻做借口，拼尽全身力气，把它按下去。

让人纠结的距离

又回到与曾平每日十分钟的电话爱情。

曾平去日本旅游，快递发来带给我的礼物。满怀惊喜地打开，竟是两盒饼干。曾平说："我周围的美女人人有份，每人两盒。"

我能感觉到我脸上的笑，像失彩的油画，一点点被擦了去。

我说曾平咱们聚聚吧，曾平仍然说："等我忙完就过去。"

他都忙了八个月了，一直都没忙完，相比起来，我永远是闲人。好吧，我去。

那天天气并不晴朗，我的心也很忧郁，说了几句话，曾平的回答都不是我想要的。他说的我又不感兴趣，便不再搭腔。

两个人在一起，应该有唱有和，如果只一个人在表演，另一个人又不心动，是不是挺没意思？

我们沉默着走了很长的路。曾平仍如从前，连勾我的手指都不曾增加一点力度。后来我问他在想什么，曾平说："是不是考虑见一下双方父母？"

我突然害怕，如果两个人几十年就这样沉默地度过，那我婚姻里的光阴该有多么难捱。

曾平说："我们离得远，了解少，可是你放心，房子和车都可以加上你的名字。我辛苦打拼，挣来钱都给你。"

我被侮辱一样连连摇头，我用婚姻换房子换车？我想要的是感觉，就是曾平你把我放在心上的那种感觉啊！

侧身看他，干净清爽，挺拔俊美，真的是我喜欢的型男。可我的心还是渐渐缩成一只失水的核桃，无比纠结，曾平的外在条件与谢大远的心有灵犀，我究竟要哪一个？

回到家，我趴在沙发上号啕大哭。如果曾平心里有我，为什么我感觉不到，可如果他不在乎我，我为什么要和他约会想与他结婚呢？

素心女的爱情标准

我爸颌下长了一个囊肿，疑似先前的恶疾转移。我哭着在 Q 里写说说：又一场生死较量。

给曾平打电话，我呜咽着说明事情的严重性，明日手术，术后做病理，希望是虚惊一场，如果，如果……

我说不下去了，曾平沉默半晌，安慰我："小莫别哭，我二十四小时开机，如果你需要，我立刻就赶过去。"

装好手机，便发现睡在医院门诊大厅的谢大远。他疲惫地蜷在蓝色的椅子上，那么一大砣横肉，占去两个人的空间。

把他弄醒，他满眼惺忪："啥时手术？"

我心里突然有了支撑，问他："你啥时候来的？来干啥？"

"来陪你，连夜启程。"谢大远很干脆。

我又感动又诧异："怎么知道我在这儿？"

"你以前说过你爸的病，生死较量嘛，肯定出大事了。"谢大远的胖脸严肃而认真。

这当口，爱情两个字，迫不及待地逃脱束缚从我心底跳了出来，我想哭。

毫无留恋地与曾平说分手，心也由此变得轻盈，我听见我的爱情在抗拒地呼喊：去他的条件！

半个月后，我爸出院，有惊无险。谢大远开着他的二手车，把我爸接回了家。

那天晚上，谢大远很认真地吻我，我惊讶自己一向传统一贯素心，竟然投入地接受了与这油腻男的近距离接触所带来的甜蜜。聪明如我其实早就参透，对爱情的肢体表达真的没有什么标准，只是听从内心的声音而已。

选自《考试报》2014 年第 30 期

有时候出卖自己的不光是眼睛，还有爱的回应。难道不是吗？当一个人进入你生命中的时候，你会第一时间感觉到，然后你就默许了这种关系。

靛蓝小孩

文 / 罗静

遇到你时，我尚是一张白纸，你不过在纸上写了第一个字，我不过给了你一生的情动。心底有了波澜，但我知道这波澜总归会平静。

——七堇年

希腊叛徒

你能帮我约下梁朴树吗？这个问题，普晓江跟我说过不下一百八十次。

梁朴树是我的同桌。此人除了学习成绩名列前茅之外，还随心所欲地长了一张卖国贼的脸。我经常在普晓江面前数落他，看看，看看，哪个中国人敢生成他那样？卷发，高鼻，白肤，活脱脱就是一个被希腊驱逐出境的叛徒。

每次我说梁朴树的坏话，都会遭来普晓江的无情痛打。普晓江暴跳如雷地扯着我的领口盘问，说！你是不是对人家的相貌羡慕嫉妒恨？你是不是觉得我和他特别有缘分？你是不是会继续帮助我搞定靛蓝小孩？

靛蓝小孩，乃是普晓江私自给梁朴树取的爱称。她说，颜色之中，靛蓝是高贵，纯洁的象征，而孩子，又恰巧代表了天真无邪，因此，这四个字，最能体现梁朴树的优点。

我得意洋洋地问普晓江，哎，你也说说，像哥这样英俊挺拔，潇洒倜倪的风流才子，该用哪四个字来体现呢？

普晓江那个毫不犹豫的答案，差点没让我吐血。这个没良心的东西，这些年为了载她，我把自行车都给骑坏了几辆，现在，她竟然用"黑虎掏心"这四个字来形容我。

当然，我也不是什么省油的灯。第二天，我便把这个来之不易的绰号送给了梁朴树。

上语文课的时候，我跟梁朴树说，小子，有人想约你，她说，她很想近距离地看看你这张黑虎掏心的脸。

希腊人又一次拒绝了未曾谋面的普晓江。

秋日图书馆

普晓江窝在我自行车的后座上，杀猪般地乱喊，死靛蓝小孩，你凭什么不和我见面？你凭什么拒绝我？

普晓江每说一句，就要在我的后腰上狠掐一把。我一面扭着屁股躲开普晓江的猛烈攻势，一面幸灾乐祸地说，唉，人家之所以不见你，还不是出于恐惧，你干嘛非要用你的脸来吓唬他呢？对于命运如此悲惨的希腊叛徒你都不放过，你也忍心？

周末，我一句漫不经心的话，使普晓江欢蹦了整整一下午。我端着大杯柠檬茶，坐在小区的秋千上，猛吸一口，哎，我们中国的文化，还真是博大精深，把那希腊叛徒都给吸引住了，成天往我们学校的图书馆跑。

普晓江顿时疯了似的抓着我的手臂大喊大叫，吓坏了坐在花园里晒太阳的老头。

为了能够近距离接触到希腊叛徒，普晓江彻底改变了形象。当她束起马尾，身着一身白底蓝花的连衣裙向我款款走来时，我忍不住惊呼，哇，天庭闹饥荒，仙女都下凡啦！

秋天的风，像恋恋不舍的候鸟，在城市的上空来回盘旋。普晓江几乎每天都会跑去图书馆看看，希腊人到底有没有在里面。

我一直没有告诉她，梁朴树只有在清晨时才会来图书馆。

事情总会出现偶尔。第三十二个下午，梁朴树忽然一改常态，跑去图书馆还书。普晓江慌乱得如同受惊的野兔，她死死地拉着我碎碎念，完了完了，靛蓝小孩来了，怎么办？怎么办？

哈，真巧，你也在这儿啊？梁朴树径直走来跟我打招呼，我点点头。

你女朋友？挺漂亮啊，你小子真不老实！还没等我张口解释，普晓江就抢先出声了，不！我不是他女朋友！

普晓江的情急之态，使整个场面陷入了尴尬。十几秒后，梁朴树准备要走，普晓江忽然向他伸出了右手，嗨，你好，我叫普晓江，很高兴认识你。

两只温热的右手，就这么残忍地在我的瞳孔里交握。如此安静的秋日，竟没人听到，一阵轰隆的心碎之音。

三个字

我和普晓江的恩怨，是在六岁那年结下的。那时，她们家刚搬进宝华小区。

我坐在花园的石凳上玩小狗，普晓江硬是要过来抱它。气急之下，我推了她一把，结果，她因势倒地，前额重重地碰在了花坛的石角上。

直到此刻，普晓江都会站在镜子面前手摸额头，咬牙切齿，天杀的！要是因为这个疤嫁不出去的话，我保管让你断子绝孙！

我拍拍普晓江的脑袋，流里流气地说，姑娘，抬头让大爷瞅瞅？哟，瞧这小脸，水灵成这样，还愁嫁不出去？要真嫁不出去的话，三年后，来给大爷做小妾还是可以的嘛。

普晓江每次都恶狠狠地脱下鞋子朝我脸上扔，她不知道，其实我说的一切都是真话。如果她愿意，三年后，我会义无反顾地娶她。

周二下午，一个眼大如牛的男生在厕所门口拦住了我。他小心翼翼地问，哥们儿，普晓江是不是你女朋友？我莫名其妙地摇摇头。

太好了！帮帮忙，把这封信送给她，回头我请你吃十顿大餐，成不？还没等我回答，这人就飞身逃之夭夭了。

这封信只有三个字：我爱你。普晓江拨通了信纸背后的电话，温柔至极地说，兄弟，我也有三个字要告诉你，你去死！

挂完电话，普晓江补了一句，除了靛蓝小孩，我谁也不稀罕。

秋日的落叶在晚风的云霞中震颤，像是兀自哭诉无人听懂的哀怨。我默默地蹬着自行车，始终没有勇气问普晓江，是不是我对你十一年的坚持，也敌不过梁朴树的一句甜言蜜语？

易拉罐的心

普晓江再没给我机会储备勇气。

她没有坐上我的自行车，只是安静地站在我的后面。犹豫了片刻，她终于对我说，嗯，我和梁朴树开始交往了，他不太喜欢我和其他男生靠得太近，你以后还是别载我了吧。

我故作从容地笑笑，丫头，祝贺你，你一定会幸福的。

为了躲开希腊人和普晓江，每天放学，我总是第一个冲出教室，第一个骑着自行车飞上公路。我不想看见，希腊人和普晓江齐头并肩的背影。

普晓江说，她和靛蓝小孩很有缘分，他们的名字都是三个字，且有一个字的读音相同。

这世界，有多少人来过又匆匆离去，他们都有着自己的姓名。同名同姓尚且比比皆是，为何你非得把不相干的两个字看成是上天赐予的缘分？

因为这句话，普晓江彻底和我断了联系。她说，她不明白，为何与她最要好的我，总是要反对她的爱情。

普晓江当然不会明白。易拉环拼了命地护着易拉罐的伤口，可易拉罐的心里，却永远只装着可乐。

奋不顾身

开学大典，普晓江跑到我们班的方阵，和希腊人站在一起。

普晓江把外语课本的扉页叠成了老鹰飞机，她晃着手里的重大成果问希腊人，喂，靛蓝小孩，你敢不敢？

希腊人向来是个循规蹈矩的胆小鬼，他一本正经地说，晓江，别闹了，现在正在开会呢！

普晓江有点生气，她几乎想都没想，就把手里的飞机扔了出去。结果，这架乘风而去的飞机，不偏不倚，恰好撞在秃头校长那张唾沫横飞的嘴巴上。

谁？给我滚出来！到底是哪个班的坏分子？啊？简直无法无天了！

人群一阵躁动。

肯定是中间这条线的，飞机就是往这个方向飞过来的。请中间这条方阵的各班班主任迅速查证，这样的坏学生，我们一定要严厉处分！

普晓江和希腊人瞬间噤若寒蝉。

我知道，如果没有人站出去，这场典礼，永远都不会完结。

一分钟后，我主动走上了讲台。因为这件事，我不但遭到了所有校领导的批责，还在全校的广播里连续念了三天的检讨书。

普晓江在小区门口对我说谢谢的时候，我笑了，你知道吗？为了你，我可以对任何事情都奋不顾身。

靛蓝小孩

普晓江并没有因为我的牺牲而感动。她的心，从始至终都是一个冰冷的易拉罐，而易拉罐里面只有可乐一般的靛蓝小孩。

填报高考志愿那天，不知为何，我忽然有了一股充满惆怅的勇气。我知道，如果这次再不坦白，那么，我将会错过一切可能出现的奇迹。

清晨，我一个急刹车把普晓江拦在了十字路口，咳，普晓江，记得你说过，你很想去海滨小城看看。如果，我报考了沿海城市的大学，那么，你会不会跟我一起走？

普晓江顿了片刻，仰面看着我，她的眼眸第一次深邃得使我感到害怕。

很感谢你这些年对我的照顾，但我一直都把你当成哥哥来看。对不起，我已经答应梁朴树，要陪他一起去西安。

在风起的路上，我独自眯着眼，把自行车的前后轮骑得呜呜作响。

就算梁朴树懦弱得不肯为普晓江做一点点牺牲，就算我慷慨到可以为普晓江不顾前程，忘却生死，那又怎样？普晓江喜欢的，照样还是擅长明哲保身的梁朴树。

普晓江要走的那天，我在她的背包里塞了一本新书，名叫《靛蓝小孩》。我说，希望你的靛蓝小孩，能和这本书一样，终身对你不离不弃。

傍晚 5：30 分，飞往西安的客机准时掠过小区的楼顶。我冲着轰隆隆的飞机大喊了一句，普晓江，我喜欢你！

那颗坚强了十一个春冬的少年泪，终于在十七岁的秋天落了下来。

选自《语文周报》2015 年第 44 期

有没有那样一个人，让你在青春里疯狂，在时光里想念，在前程里遗憾；有没有那样一份情，让你纵使无比痴情，可还是换不来机会。可是正是这份情，才让我们懂得怎么去爱一个人，不是吗？

一生的兄弟

文 / 龙岩阿泰

兄爱而友，弟敬而顺。

——《左传》

一

父亲病逝后，经人介绍，母亲带着七岁的我改嫁。那个男人，我看第一眼就不喜欢。他消瘦的脸上堆满笑，那笑，很生疏，让我抗拒。望了一眼他深陷的眼窠，我就躲到母亲身后。

母亲让我叫他爸爸，我低下头不吭声，手却更紧张地抓住母亲的衣襟。他走过来说："不碍事。"随后摸了摸我的头，指着屋子里一个瘦高的男孩对我介绍："他叫王小帅，是我儿子，今年九岁，以后就是你哥了。"我厌恶地拂去他的手，目光却瞥向那男孩。他也正望着我，眼中满是欣喜。我没说话，倒是母亲很热情地走过去握住他的手说："小帅，真挺帅的。"

他一直微笑着，任由我母亲握着他的手寒暄。他有一双好看的眼睛，温润、晶亮，透着笑意，只是他的脸脏兮兮的，头发乱得像没有折叠整齐的被窝。看着他滑稽的样子，我禁不住扑哧笑出声来。看见我笑，他也乐了，走过来拉住我的手。

那是我和他的第一次见面，彼此之间有一种莫名的亲近感，仿佛冥冥中早已注定的兄弟情缘。我喜欢他脸上温暖而羞涩的笑容，喜欢他牵着我的手时开心的样子。我叫他小帅哥哥，他叫我弟弟。

二

我见过很多哥哥都会欺负自己的弟弟，但小帅哥哥不会，他总是顺着我，维护我，把好吃好玩的都留给我，给我讲一个又一个精彩的故事。

我最喜欢每天放学一起回家时，他一路上搂着我的肩膀走，边走边给我讲笑话，乐得我哈哈大笑。我喜欢那种感觉，很快乐，很踏实，那是一路充满欢声笑语的归程。直至今日，我依然还记得那时候天很蓝，在跳跃而明亮的阳光下，他灿烂的笑容，和他额头闪着亮光的汗珠子。

小帅哥哥的母亲在他六岁那年跟一个外乡人跑了，听邻居说，继父爱喝酒，一喝就醉，醉了就会打老婆，他的母亲就是被继父打怕了才跟人跑的。他知道这些事，每次面对别人同情或可怜的目光时，都会久久地低下头抿着嘴不语。

在我和母亲来之前，他常常一个人在家。孤单的夜晚，写完作业后，找不到人说话，他就看童话书。他的零用钱都用来买书了，他说，他喜欢看书，只要有书看他就不会觉得孤单。他说话时，眼中有泪光闪动，脸上会呈现出一种与他年纪并不相符的落寞。

我明白他的心情，父亲病逝后，虽然我还年幼，却也知道没有父亲的孤单。我握住他的手，贴在胸前说："小帅哥哥，以后有我做伴，你不会孤单了。"他紧紧地把我搂在怀里，我能听见他"怦怦"的心跳声。

或许我们都是孤单的孩子吧，有种相依为命的踏实感，整天形影不离。他在外人面前不爱说话，就是面带微笑看着别人，只有我们在一起时，他才会有说不完的话。他对我的母亲也特别依赖，母亲对他的好，他全明白。他很乖巧地叫我母亲"妈"，而我却怎么也接受不了他的父亲。

继父在家时，我们都很安静，他不喜欢我们吵吵嚷嚷的，说很烦人。刚开始的一年，四个人的日子倒也过得平静。继父是货车司机，长年在外面跑，有时一出去就是十天半个月，他不在家的日子，我总是特别欢喜，这样我和小帅哥可以尽情地玩。他带我去河边折纸船，让一艘艘满载我们期望的小船顺着水流向未知的远方。我们在草地上翻跟头，打滚，或者背靠背地坐着，有时也并排躺在草地上一起看如火如荼变化莫测的火烧云。我们一起唱歌，一起冲河对岸大声疾呼，把河里游荡的鸭子都惊得四处逃散……

那是一段平常的日子，而于我和他却并不平常，那是我们生命中真正有交集的一年。

三

我一直以为这样的日子会永远重复下去，以为他有了我母亲的照顾后就会渐渐遗忘他的生母。然而，我想错了，亲情是无论如何也割舍不断的。他快乐的表面背后，其实还有自己的哀伤。他常常会想念他的母亲，在睡梦中泪湿枕巾。

当我知道这件事时心里很别扭，感觉母亲的付出很不值得。对他再好，毕竟是别人家的孩子，很难真正贴心。他的生母跑出去五年后回来了，那个带她逃跑的男人，最终还是抛弃了她。他抱着他的母亲痛哭流涕，继父沉默着，一根接一根抽烟，我和母亲尴尬地站在屋子里，不知该如何是好。

自从他的生母回来后，我和他的距离就拉开了。是我在避开他，我不知该如何面对。每天，我都一个人跑到河边，坐在草地上，孤单地仰望着头顶灰色的天空默默流泪。他来找我，我没理他，固执地不再和他说话。

母亲终是带着我再次离开了，原来她和继父并没有办结婚登记，在法律上是不被承认的。依旧住在一个小城，依旧在同一所学校念书，但我们再也没有一起回过家。我们已经不是一家人了。

课间时，他会到教室来找我，邀我放学后一起去小河边。我淡漠地瞥他一眼，什么也没有说。我真的希望我们还是兄弟，但缘分如此脆弱，那维系在我们之间的关系结束后，我们只是陌生人罢了。

我沉浸在自己的忧伤中，不能自拔，亦不肯原谅他的背叛。他说过，我妈妈是最好的妈妈，我是最可爱的弟弟，但当这些与亲情较量时，他还是背弃了我们。

四

放学的路上，他早已等在大树底下。看见我出现，他欢喜地奔跑过来，牵着我的手叫："弟弟！"我冷冷地缩回手，低头不语。他见我这样，脸在瞬间涨红，支吾说："弟弟，别这样对我，给哥哥一个说话的机会好吗？"说着，他的手又习惯性地搂在我的肩膀上。

我仰起头，瞪视他，眼中噙着泪。"弟弟，是我的错，但她是我亲妈，我不要她，她就无家可归了，不是吗？"他说，情绪起伏很大，眼泪禁不住滑落下来。

我一直闭住嘴，倔强地不肯说话。

"弟弟，无论如何，你都是我弟弟。"他说，然后再次把我搂在他胸前。我挣扎着，从他怀里挣脱出来，跑得远远的，再也不敢回头。

课间操时间，我们也会在密集的人群里相遇。每次看见他，我故意把目光转移，在他没注意我时，我又会久久地盯着他熟悉的背影愣神。他依旧那么瘦，头发剪短了。他站在他们班的队伍前面，穿着绿色的上衣，黑色的裤子，远远看去，就像春天里一棵朝气蓬勃的小树。

我已经看得懂他曾讲给我听的童话故事，自己也养成了每天写完作业后就看课外书的习惯。我告诉自己，一定要超过他。只是脑海中，时常会浮现出他那双好看的眼睛，那么清晰，仿佛生了根似的，怎么也无法忘记。

两年后，妈妈再次带着我嫁人了。新继父家在城郊，附近有小学，我不得不转学过去。知道自己要离开的那天，我偷偷地跑到他的教室外面，站在窗户边看他。他正聚精会神地听老师讲课，手里握着笔。看着他，泪水模糊了我的视线。跑着离开时，我终是哭出了声，仿佛山崩地裂一般。那一天，阳光灿烂，可我却觉得浑身颤抖，连心都在抖动。

再见了，小帅哥哥。我在心里默默地与他道别。我不知道这次离开后，我们还会不会再相遇。只是好几次，我都在梦中看见他，看见他笑脸盈盈地给我讲故事，看见他流泪的眼睛……

我怎么也忘不了那年夏天在跳跃而明亮的阳光下，小帅哥哥灿烂的笑容和他额头闪着亮光的汗珠子。

我一直都相信人与人之间的缘分，我和小帅哥哥就是这样，因为父母的再婚而成为兄弟，又因为父母的分开而分开，但既然命运让我们相遇了，我们就会珍惜这份情缘，无论我们是否还能遇见，我们都是一生的兄弟。

选自《语文报》2013 年第 12 期

> 缘分是奇妙的，茫茫人海中我们相遇相识相知，又在茫茫人海中分离。唯一留给我们的就是回忆，我们唯一能做的就是好好珍惜这段美好的情缘。

当爱抵达心灵深处

文 / 太子光

父亲！对上帝，我们无法找到一个比这更神圣的称呼了。

——华兹华斯

妈妈在我七岁那年离婚，伤心欲绝的她带着我从广州回到了龙岩。外公外婆对我们的回来，既伤心难过，又欣喜异常。那种复杂的心情我不理解，但他们对我无微不至的关心，我能感知。

离婚对妈妈的影响是很大的，很长一段时间，她都无法走出失败婚姻的阴影，对人也是百般怀疑。没想到，在我12岁那年，妈妈居然想再婚了。之前，无论外公外婆怎么劝，她都说不结婚了，说对婚姻恐惧。

是什么样的男人呢？居然会让妈妈一改初衷，我对那个即将走进我家的男人感到好奇。他第一次来我们家时，只看见第一眼我就失望了。也不是什么三头六臂的帅哥，看年纪，比我亲爸还大。在我充满敌意的注视下，他居然半天叫不出我的名字，脸涨得通红。望着他有些慌乱的表情，我想笑，都什么年代了，还有这样木讷的人。

妈妈很开心，我的忧伤，她视而不见。

我快气疯了，连外公外婆也帮他，说他怎么好，人又怎么本分。没有人在乎我的感受，他们都在为妈妈的婚事忙碌。在妈妈的婚礼上，我孤单地坐在角落里闷闷不乐。

"怎么不向你妈妈祝福？"外婆搂着我问。

望着外婆慈爱的脸，我难过地低头不语。在外婆宽慰我时，他牵着妈妈的手走过来了。可能是喝了酒的缘故吧，他黝黑的脸潮红一片。

"佳文，叔叔不大会说话，但叔叔会待你们母子好的。"他说。我瞥了他一眼，把目光转开。我亲爸都不要我了，你能待我有多好？

"你这孩子，怎么不懂事呢？"看我不理他，妈妈埋怨我。

"妈，你是不是现在就开始嫌我碍事呢？"我瞪着她问。

"这孩子……"妈妈欲言又止。

外婆忙把我拉了出去，我伤心地对外婆说："你不会也不要我吧？"外婆笑呵呵地说："怎么会呢？你是我的宝贝孙子。但是，你得明白，每个人都有权利选择自己的人生。你不能阻止你妈妈去追求自己的幸福，你要祝福她，让她开心……"外婆絮絮叨叨说了很多，那些话我都明白，但心结难开。

在家里，我不理他，他叫我时，我故意装作没听见，或是倔强地扭过头不看他。妈妈骂过我几次，说我不能这样对待他。我不听，还重重地把房间门关上，一个人躲在里面伤心。我想念我亲爸，但他一直没给我打电话，而且我早就知道他已经再婚，又有自己的儿子了。

我想过离家出走，但我没有勇气，只能天天在家闹情绪。

他每天早上都会起来准备早餐。早餐很丰盛，花样翻新，可是我不领情，以为这是他故意讨好我的小伎俩。

他在超市开货车，休息时，就在家里搞卫生，但这样婆婆妈妈的男人我不喜欢。

我总会偷偷地观察他的一举一动。有一次发现他在打电话，语气很温柔，像是在对一个孩子说话，我还注意到他渐渐濡湿的眼角。他没想到我会在家，看见我出现在客厅时他显然吓了一跳，匆忙间就挂断了电话。

他叫我，我盯着他没说话，他的脸又涨红了，自言自语地说："是我儿子打来的。"我这才想起，外婆说过，他也是离过婚的男人，有一个比我小一岁的儿子在他前妻那里。

"为什么不让他来玩？怕我欺负他么？"我说，心里对那个素未谋面的男孩子很感兴趣。"他在另一个城市，他妈妈不让我们见面。"他的语气有压抑的伤感。

"再打给他吧！他肯定等你的电话等了很久。"说完，我进了房间，还把门锁上。躺在床上，我的泪就滑落下来，他会想念他的儿子，但我的爸爸为什么就不会想念我呢？这么多年居然连一个电话都没有。我也不敢问妈妈，她不让我提起爸爸，以前问她时，她会生气地打我，还哭天抹泪，说我不争气。

他敲门进来时，我还在流泪。看见他，我故意转过身去，背对他。

"佳文，你也在想你爸爸，对么？给他打电话呀！"他说。

我不吭声，泪依旧流淌。

"是怕你妈妈生气吗？"他坐在床沿，把手放在我的肩膀上。

"你为什么离婚？你想过你儿子有多难过吗？"我气愤地质问他。其实，这些话，我一直想质问我自己的爸爸，但没有机会。

他深深地叹了口气，没说话，一会儿，他走了出去。

后来外婆告诉我，其实他和妈妈一样，都是被人抛弃的。他的前妻嫌他太老实，嫌他木讷不会挣钱。

知道他的事情后，对他，我有了一种莫名的同情。我觉得，他也是挺可怜的。

因为对他的同情，我和他说话时也就客气了一些。他对我的好，我能感知。我是个敏感而早熟的孩子，别人对我的态度，我能猜出真假。

或许，他是想他的儿子太急切了吧！感觉得出，他把这一腔的爱和热情都给了我。他对我的关心无微不至，他甚至于天天在我早上离开家去学校时，久久地伫立在家门前看我的背影。有一次，我偶然回头，看见他正默默地望着我。那眼中的热切目光我很熟悉，他每次看他儿子的照片时，都是这样的眼神。

我一直很好奇他的儿子，只有我们俩在家时，我就会询问他。说起他儿子，他就神采飞扬，滔滔不绝讲个不停。

"为什么不去看看他，或者把他接过来住？"我问他。

"我——"他含糊其词，然后叹气。

"真没用！怎么会有你这样的爸爸，想念他，为什么不让他知道？"我说，自己却流了泪。我想起了我的爸爸，我不知道，他会不会想念我？很多年没见面了，我都快想不起他的样子了。

看见我流泪，他慌了，抓着我问："佳文，怎么了？"

"我想念我爸爸，这么多年了，我都快想不起他的样子了。"我哽咽着说。

他一把将我抱在怀里。这个铁一般的男人，上次车祸时脚伤成那样，他都没哼一声，这次却在我面前痛哭流涕。

他对家里每个人都很好，妈妈的快乐显而易见，她不再整日绷着脸；外公、外婆因为妈妈重新有了归宿，也重展笑颜。看着家里人的笑脸，看着他们轻松愉快的表情，我深深地感激他。我知道，这一切都是他的功劳。我不知道他的儿子，是否有我这样的幸运，可以遇见这样一个不错的继父？

他会邀我一起出去散步，会和我谈论关于人生大大小小的事情。很多时候，我都感觉他像个贴心的朋友，能读懂我的心事。

就连我感情上的困惑，他都能看得出来。有段时间，我喜欢上了一个高三的女生，但那女生拒绝了我。这样的事我不敢跟任何人说，怕被嘲笑。

看我整天无精打采，他知道我一定有心事。妈妈不在家时，他问了我，"没什么，别管那么多。"我心烦意乱地说。"不是说过了吗，我们要当朋友的。"他低低地问。"你不会理解的，跟你说了也没用。"我大声嚷嚷。

他静默了，眼中闪过一丝黯淡。

"对不起！不是因为你。"看他这样，我解释说。

"我只是希望你能开心些，如果我能帮上什么，我都愿意。"他说，然后转过身去了厨房，隔着玻璃门，我看见他在里面忙碌。

"吃碗热汤面吧，很辣的。"一会儿，他端了碗面出来。

我曾对他说过，我心情不好时，最需要一碗热汤面，辣辣的，吃过后出一身汗，然后就没事了。原来，我随口说过的话，他都一一记在心里了……

我们就一直这样平淡地相处，彼此之间也没有发生过什么感人至深的事情，但他细腻的爱却像一条涓涓细流慢慢地抵达我内心的深处，汇聚成一片辽阔的海洋！

选自《少年文摘》2010 年第 10 期

孩子的眼里，亲情是像守护神一样值得信赖的。因为信赖便不能接受被抛弃，因为抛弃便不再轻易相信，唯有真情可以融化一颗冰封的心。

修剪友情之树

文 / 范泽木

人之相识，贵在相知；人之相知，贵在知心。

——孟子

周末，一位学生在 QQ 上向我吐露心事。事情很简单，无非是青春期里一些司空见惯的事。她喜欢上了班里的一位男生，心湖泛起圈圈涟漪。

年少的心事无处诉说，她欲与死党倾诉，又吞吞吐吐有些羞赧。死党鼓励她，有心事就要说出来，既然是好朋友就要坦诚相待。在死党的鼓励下，她终于把心事和盘托出。

没想到，死党把她的秘密与全班共享了。一时间，全班都知道了她的心事。她六神无主，羞得整天低着头，不敢与任何人交流。那些天，她觉得世界突然间狭窄了，落在身上的眼光仿佛都充满嘲讽，她只能缩在自己的世界里。

当然，她对死党恨之入骨，没想到自己的信任换来的却是背叛。

青春里，谁没有经历过这样的事？

上大学时，我的一位好朋友看上了一款漂亮的手机。他对手机念念不忘，到了茶饭不思的地步。最后，他说他很想得到那款手机，问我能不能借他 100 元钱，并说第二个月一定还我。当时我每月的生活费是 400 元，为了满足他的心愿，我毅然借了他 100 元。

过几天，他又来找我，说只差 100 元就能买到手机了，叫我一定要再想想办法。我拒绝了，因为我无法把生活费从 400 元缩减到 200 元。他看着我，说："你能不能先到同学那里借 100 元，下个月我一定还。我父母说了，下个月要给我加生活费，我肯定有钱还的。"我禁不住他的软磨硬泡，向室友借了 100 元钱。

第二个月，我打电话催他还钱，他室友说他不在寝室，叫我晚上再打过去。到了晚上，我给他打电话，他室友说他在洗澡，洗完就打回来。我于是在电话机旁等待，过了一个多小时，电话始终没有响起。我忍不住再次打电话，可一直无法接通。潜意识告诉我，他把电话线拔掉了。

我连续打了几次电话，朋友无一例外都"不在寝室"。那个周末，我决定到他学校找他。很巧，我在校门口遇到了他。他不耐烦地说："不就 200 元钱吗，催什么？"我说："你还我，我就不催了。""没钱，过几天有钱了就还你。"

这句话被他用了无数回，"有钱了就还你"几乎成了他遇到我时的口头禅。我慢慢意识到所谓"过几天"是永远都没有尽头的托词，便没再与他联系。

我一度恨他恨得咬牙切齿，后来慢慢发觉，200 元钱让我认清了他，从而避免了他给我带来更大的伤害。也许没有别的方式能让我这么快捷地认清一个人，我不禁暗自庆幸。

从往事里跳出来，我对学生说："这件事让你认清了她，你以后不会再在她身上注入无谓的情感，这难道不比你一直傻乎乎地当她是死党更值得庆幸吗？"她愣了片刻说："您说得有道理，我确实通过这件事认清了她。"她发过来一连串大拇指，表示对我的认同。

前几天，一位朋友在微博上写道"从今天开始定期清理 QQ 好友"。问她原因，她说："久了之后就发现有些人值得深交，有些人只能浅交，有些人根本不应该交。"

确实如此，友情是大浪淘沙后的硕果，我们总要经历一些事才知道谁真心谁假意。友情之树有嫩叶，也有病叶，常常修剪才能越长越好。

选自《第二课堂·初中版》2014年第4期

我们始终行走在路上，碰到一些人，留下一些人。我们总是在寻找，寻找那个最适合自己的人，然后发展一段友谊，所以留下的都是适合自己的朋友。

沉默的石头会开花

一生中，她完整地经历了三次爱情，可后者，却对之前的两次毫不在乎。她原本以为，这是丈夫的度量，宽容了她。可终于慢慢明白，这是他经营爱情的一种方式。如此睿智的他，用这种不动声色的忽视，换来了两个人的美满幸福，以及爱情。

一厢情愿的青春友情

文 / 张君燕

　　向前吧，荡起生命之舟，不必依恋和停泊，破浪的船自会一路开放常新的花朵。

——佚名

　　我一直觉得我和芳之间的缘分是注定的，从入学报到第一天的相遇，到分在一个寝室的上下铺，再到相处一天就无话不谈的热络与亲密。相同的爱好和相似的性格让我们很快熟悉起来，不到一周，我们便成了一同吃饭一块儿去厕所的好姐妹。

　　初到高中的陌生和紧张，在和芳的相伴中减轻了很多。可能因为我是家里最小的孩子，我的自主能力不是太强，多多少少地有一些依赖倾向。而芳的性格中则带着一丝男孩子的豪爽和大气，能给我很多帮助和鼓励。每次想到芳，我的心里都会充盈着满满的喜悦，庆幸自己能够交到这么一个好朋友。

　　芳是个大手大脚的女孩儿，花钱没有规划和节制，带来的生活费往往会在月底前就花光了，接下来的日子，芳便用几包方便面凑合，她还笑着说自己正好减肥。我曾劝过芳几次，要她学会有计划地花钱，每次她都笑着答应，之后却依然我行我素。

　　劝说无效，我又不忍心让芳挨饿，于是我自己便省吃俭用，好在芳的钱花完后，拿上我的饭卡拉着她一起去吃饭。每到这时，芳总会笑着说：

"燕子，你真好。""客气什么，咱们是好朋友嘛。"芳直白的表达倒让我有些不好意思了。

芳的性格开朗活泼，再加上她的大气和豪爽，芳身边的好朋友越来越多。看到她热情而友好地对待身边的每一个朋友，我的心里竟产生了一点小小的失落，而且我隐隐地有一种感觉，芳对我似乎没有从前那么好了。不过这个想法一冒出来，我自己都觉得很好笑，又不是谈恋爱，干吗要有这种排他的感觉呢？

真正让我感觉到芳对我的疏远是在寒假刚开学后。那天到校，我从家里带了很多好吃的东西，并且直接分成了两份，一份是我的，另一份自然是给芳的。那时由于我们搬进了新的宿舍，我和芳已经不在同一个寝室了，不过这又有什么关系呢？在我心里，芳依然是我最好的朋友。

当我拿着一大包食物兴冲冲地来到芳的寝室时，发现芳正忙着给同寝室的同学分年糕，看到我来，芳愣了片刻，随即笑着说："燕子，我正打算给你送我妈做的年糕呢。"接过芳手里仅剩的两个年糕，我也笑着，却说不出话来。回寝室的路上，我一直在想，如果我没有去给芳送东西，没有撞见芳给室友分年糕，芳会不会主动把年糕送到我的寝室呢？

之后的日子，我还是会去找芳，跟她讲我高兴与不高兴的事，和她分享我的小秘密、小心事，芳幽默的话语和理性的分析总能让我摆脱烦恼，露出开心的笑容。

有一天，我对芳说："有时间的话我们一起去爬山吧，我家的后山有一座寺庙，听大人们说在那里许愿特别灵。我们也去许个愿，做一辈子的好朋友，好不好？"芳点头答应了。可是后来，每次我和芳说起这件事，芳总是有这样那样的原因，再后来临近高考，学习越来越紧张，这件事也就不了了之了。

高考结束后，同学们互相填写留言册，写下临别时刻想对同学说的话，也算是对三年高中生活的总结。在给芳写留言时，我字斟句酌，写了满满一页的对往事的回忆和依依不舍的情绪。我把写好的留言还给芳时，芳出去了，桌子上摊着一本别人的留言册。我好奇地拿过来看了一眼，然而，就是那一眼，却让我的眼泪瞬间涌了出来——在"最好的朋友"那一栏，芳赫然写着别人的名字！

要知道，在我心里，最好的朋友这个位置只有一个人，那就是芳。而我也一直理所当然地认为，芳最好的朋友也应该是我。芳在给别人的留言中，还说起了一起去后山寺庙许愿的事情，言语中尽是对友情的珍惜和满足。那一刻，除了委屈，我更多的是失望，甚至还有些生气。我以为芳真的是没时间，没想到也许只是因为我在她心里的位置已不重要了。

这件事对我的打击很大，以至于我都不知道该如何去面对芳。之后没多久，我们考上了不同的大学，联系也渐渐少了。如今再想起那件事，我发现自己早已释然了。正如张小娴所说，一厢情愿的不止是爱情。

是的，也许在我和芳之间，是我太过一厢情愿。不过即便如此又如何呢？在高中三年的青葱岁月里，芳曾陪着我一路走过，给予了我那么多关怀和帮助，让我体会到了朋友的情谊和珍贵，这就已足够了。至于是不是最好的朋友，真的没必要去介意了。

选自《青春期健康》2015年第2期

> 有些事情是无所谓的，自然也就不去介意。真正该在乎的，是经历那份感情之后自己的成长。

怀念高中岁月

文/冠豸

青春时代是一个短暂的美梦，当你醒来时，早已消失得无影无踪了。

——莎士比亚

一

舍友把秦川的信递交给我时，我正一个人昏天暗地地躲在宿舍里玩《三国杀》。

这个陌生的南方小城，初来乍到我就先生了一场病。这里不是我想来的城市，这所学校也不是我理想中的大学。我没有脱离高中初入大学的喜悦。

我的高考成绩还算正常，上了一本线，还多了7分，但报志愿时，却和父母发生了激烈的冲突。父母不让我报考自己喜欢的动漫专业，他们希望我学医。我对学医一点兴趣都没有，但父母根本听不进去。一赌气，我就随便报了几所我的成绩难以企及的但名字很响亮的学校，最后却被调到这里来了，而且依旧没有念上自己喜欢的专业。

我感觉自己被命运玩弄了，我喜欢的城市，我向往的大学，我热爱的专业，无一能够实现。于是我"破罐子破摔"，成天沉溺于网络游戏中虚度时光。

二

秦川的成绩原本和我不相上下，但高考时，他发挥出色，足足比我多了 26 分，虽然也没上重点线，但一本院校能选择的范围比我大。最重要的是，他的父母尊重他的选择，他想报什么大学、专业，都由他本人选择。

高考前，我们约好一起考北京的大学，那时候，我们怀揣梦想，斗志昂扬。虽然高考前的生活如同炼狱一般，但有梦想支撑，我们无怨无悔。

我和秦川是同桌，更是同一宿舍上下铺的好兄弟。秦川的家在农村，他当时能考上我们市最好的高中，全家人都很高兴。特别是秦川的父亲，那个当了一辈子煤矿工人的男子，他捧着秦川的高中录取通知书泪流满面。这些都是听秦川说的，他当时还说："就算是为了父亲，我也要好好读书。看着父亲流泪的眼，我真的很心疼，我希望他开心，希望他能够以我为荣……"秦川对我说这话时，眼眶中噙着泪，声音哽咽。

他的真挚感染了我，我喜欢他的真诚和坦率，跟他在一起永远没有压力。而且秦川还很会唱歌，模仿阿杜的声音特别像。

我和秦川都很努力，但在这所省重点高中里，强手如云，我们的成绩都只排在中等，但在这三年里，我们一直卯足劲儿努力学习。就像老师说的，不到高考成绩揭晓的那一刻，一切都是未知数，最后能胜出的，必定是那些有恒心和毅力的同学。

我和秦川一直把老班的话奉为信条，我们都知道自己不是最优秀的，但希望自己是那个最有恒心和毅力的，高考我们志在必得。

学习累了，我就会想放松自己，但每每看见秦川还在努力时，我就又会捧起书本继续看或是拾起笔努力演算那些复杂的方程式。只有每天晚饭后的一段闲暇时间里，我们才会爬上教学楼顶层，迎风高唱那些我们热爱的歌谣，让紧绷的神经松弛下来。

我们都有自己的梦想，为梦想努力前行，痛并且快乐着。

三

升高二时，文理分科，班上的大部分女生都选择了文科，而男生却是一窝蜂地选择了理科。其实秦川本想选择文科，他的作文写得好，但英语又是他的弱项。左思右想，他最终决定选理科，虽然他的化学糟糕得一塌糊涂，但我的化学不错，承诺会帮他补缺补漏。

我的各科成绩比较均衡，无论学文学理对我来说都一样。让我们意想不到的是，高二分科，学生重新分班，我和秦川不仅是同班，而且还继续同桌。我们学着相声里说的"缘分哪"击掌相庆。

高中三年，我们同班，同桌，还是同宿舍，上下铺的关系，因为这些，我和秦川成了形影不离的好朋友。当然，关系再好，也会因为意见相左而产生分歧和争执。但秦川很大器，他心胸比我宽，每次都是他主动和好，而且从不让争执隔夜，有什么事情都是当天搞定。他说："朋友间最怕误会，事情说清楚就好了。"

我以前老爱懒床，不拖到上课铃响都舍不得起床。和秦川上下铺三年，他就像上了发条的闹钟，早上六点准时起床，顺带也把我从被窝里拽起来，拖着睡眼惺忪的我一起到操场跑步。

刚开始时，我就闭着眼，紧跟着他的脚步声往前跑，那个时刻里，我是能多眯上一会眼也觉得幸福。秦川笑话我是"睡不醒的猪"，我照单全收。

记得有一次，秦川家里有急事，请了半天假，晚上不在宿舍睡，第二天早上，其他同学去教室时也没叫我，我居然一觉睡到大中午，等秦川回学校时才被他叫醒。因为那件事，我和宿舍的同学吵了起来，但他们说我活该。我原来觉得自己人缘不错，但那次的事情后，我明白，在这个宿舍里，我只有秦川一个朋友。

重点高中里，竞争很厉害，大家都互相提防，明明奋笔疾书写作业到关灯了还点着蜡烛用功，去到教室又要假惺惺地说自己昨晚早早就上床睡觉了，作业也不想做。我想不明白，这样睁眼说瞎话有什么意义？用功学习，丢人吗？

特别是宿舍里一个叫"大壮"的同学，那努力程度都快达到"废寝忘食"的地步了，还总喜欢说自己从来不用功读书，告诉别人什么游戏最好玩，什么 QQ 群有很多女生，让别人加入。

这种人我最反感了，蛊惑别人去玩，而自己抓紧时间学习，以为这样就能把别人超越。明明会的题，他也不愿意教别人，还总是询问别人这样那样的难题。我一眼就看穿了那些人的"虚伪"面孔，不就是怕别人赢吗？我后来告诉秦川，对别人不需要那么热情，因为人人都自私。面对高考，彼此都是竞争对手。

"参加高考的人那么多，又不只有我们学校，有必要吗？"秦川说。我笑笑，不想和他争辩。我和秦川是互相帮助的，我们取长补短，互相学习。

大家都在努力，谁也不会拿自己的高考开玩笑，选择上高中，就是希望能够考上一所好大学。我原来上了几年的动漫兴趣班，但上了高中后，这个爱好就中止了，我想等考上大学后再继续。我明白，真喜欢一样东西，不在于一朝一夕，目前的关键就是考上一所自己想去的大学，学自己喜欢的专业，这样就圆满了。

四

高考结束后，我们班开毕业典礼。那次活动可以说是一次真情流露的时刻，毕竟高考了，毕业了，以后大家各奔东西，想在一起也不是那么容易了。人生很多时候就是这样，只有临到分手才想要珍惜。

等分数出来的那些天，我天天和秦川在一起，我们一群同学邀着去东家逛西家，好不热闹。但分数一公布，情况就变了。考得好的，欢呼雀跃，呼朋引伴；考得差的，就躲在家里，不愿意见人了。

我的情况不好不坏，但一想到秦川比我高了那么多分，心里就不是滋味。这家伙考完试时，还口口声声对我说考得不理想。那段日子，于我是一种煎熬，报志愿也不如意，和父母产生了冲突。

秦川来找过我，但我躲在房间不愿意见他，我谁也不想见，心情烦乱。但在心里，我又想见到秦川，和他说话，可我固执地认为他对我不够坦诚。我总是把自己最真实的情况告诉他，可他却对我留了一手。

随着录取通知书的到来，紧接着就开学了。我在 QQ 上从其他同学那里了解到，秦川终是报了我们曾经都很向往的北京的大学，报的专业正是他自己喜欢的。不可否认，我很羡慕他，还有一些嫉妒。他顺风顺水，一路开花，而我却惨兮兮的。

<h1 style="text-align:center">五</h1>

在新的大学校园里，我一个人也不认识，身旁再也没有秦川，我们之间的缘分到头了。只是很多时候，走在校园小径上，我莫名地就会想起秦川，想如果我们现在还在一起那该多好。

这座空气里总是充溢着潮湿气流的南方小城不是我想来的地方，这里没有长城，没有故宫，更没有秦川，我们之间已经相隔万水千山。在新的校园里，他一定如鱼得水吧，性格随和的他一定过得快乐无比。

在看秦川寄来的信时，窗外正飘着细雨，迷茫一片。我坐在宿舍的床上，从七楼的高度往下看这个绿荫笼罩的校园，心里感伤暗涌。秦川知道我的手机号码，但他选择了用写信的方式与我交流。

我很感谢秦川，他知道这是我最喜欢的一种方式。我喜欢收信的感觉，看着信纸上熟悉的龙飞凤舞的行书，那种感觉特别真实和温暖。我不怕联系不上他，只怕彼此之间少了以前的默契和真诚。

"找回最初自信满满的你，我喜欢你那样……"秦川在信上对我说。他应该是知道我躲着不见他的原因，所以他才会说"嫉妒好朋友不是你的强项，不要再折磨自己了。开心点，上了大学又是一个新的起点，继续努力！你还有机会去实现你当初的梦想，加油！"

秦川不擅长安慰人，但他的话句句在理，看后，我了然于胸。我才不会轻易认输，大学才开始，不是吗？再努力四年，我一定可以改变现状，我要找回自己——曾经斗志昂扬的自己。只是，谁能够在离开好朋友时，不感伤呢？

选自《情感读本·道德篇》2014 年第 12 期

高中似乎是我们人生中最重要的一个里程碑，人生观、爱情观、价值观就是在那时才慢慢成形的，爱情也开始懵懵懂懂。当然最重要的是，遇上那些可以好一辈子的朋友，并在以后的日子里，永不相欺！

影帝姜文，有一种亲情叫前妻

文 / 秋水

舒适，是一个家庭的自我标榜。

——谚语

跨国婚姻破碎，分分合合难画句号

2003 年，姜文与桑德琳的婚姻走过 10 年，进入审美倦怠期，生活、文化背景的差异以及聚少离多等隐藏的矛盾尖锐凸显。两人常因家务琐事、教育女儿的分歧发生摩擦。姜文性格直爽，说话不会转弯抹角；桑德琳性格急躁，口齿利落，夫妻俩吵起来简直就像火星撞地球。9 岁的女儿姜一郎经常吓得躲在房间里哭。

夫妻矛盾最伤人，2004 年 9 月，两人吵累了，开始冷战分居。姜文拎着行李箱住进工作室，过起了单身生活，婚姻名存实亡。2005 年 6 月，分居近 1 年的姜文向桑德琳提出离婚："咱们别互相折磨了，再这样下去会折寿，分手吧。"桑德琳也不愿继续这种"僵尸婚姻"，很快与姜文办理了离婚手续，女儿姜一郎跟随妈妈生活。

但很快，远离故乡和亲人的桑德琳，品尝到单身女人的孤独、痛苦。一个个漫漫长夜里，寂寞像烟花一样在她心头起起落落。失去方知珍贵，桑德琳疯狂地怀念起与姜文在一起的点点滴滴，回忆一家三口曾经的温馨幸福时光，回味姜文给她带来的快乐……泪水伴随桑德琳度过一个个不眠之夜。

姜一郎见爸爸长时间不回家，便含泪问母亲："是不是爸爸不要我们了？"桑德琳向女儿撒谎："他在外面拍戏，脱不开身，过段时间就会回家。"姜一郎逼问道："爸爸到底什么时候回来？""再过半个月吧。"桑德琳只是随口哄女儿，姜一郎却记住了这个日子。

8月28日傍晚，桑德琳从北京大学听课回来，女儿脖子上挂着钥匙，坐在小区门口的石凳上，迟迟不肯回家。桑德琳拉起女儿："天黑了，走吧。"姜一郎带着哭腔说："你不是说爸爸今天回家吗？他怎么还不回来？我要在这里等他。"

想起随口对女儿撒的谎，桑德琳的心一阵刺痛，她不忍再欺骗孩子，含泪说出与姜文离婚的真相。姜一郎"哇"的一声大哭起来："你为什么与爸爸离婚？爸爸为什么不要我们？"女儿哭得很伤心，桑德琳也泪流满面……

第二天，桑德琳拨通姜文的电话，说出女儿脖子上挂着钥匙等他回家到天黑的事。女儿一直是姜文放不下的牵挂，他内心最柔弱的角落被触动了："我也想一郎，我会尽快抽时间过去看她。"

9月3日，姜文赶到桑德琳家看望女儿。一见爸爸，姜一郎眼里溢满幽怨的泪水："同学的父母都没有离婚，我在学校抬不起头。"姜文的心尖锐地疼了一下："一郎，爸妈在一起不幸福，只有分开。但爸爸还会像从前那样爱你，对你的爱一点也不会少。"毕竟是不满10岁的孩子，姜文几句话就止住了女儿的眼泪，姜一郎像小鸟一样扑进爸爸怀里……

梳理与桑德琳的10年婚姻，姜文意识到，其实双方并无原则性矛盾，是审美疲劳和家务琐事一点点销蚀他们的美好心境和婚姻城堡，其实这样的矛盾家家户户都有。女儿才10岁，姜文不忍让她生活在单亲家庭里，几度心灵挣扎后，姜文在电话里告诉桑德琳："为了女儿，咱们重新开始吧。"

很快，姜文搬回曾经的家，重在一个屋檐下生活，姜文与桑德琳都小心翼翼地克制自己，度过了一段难得的平静时光。然而时间一长，一些宿怨、纠结，又随着一句话、一件琐事在夫妻间泛滥。这对前妻前夫的生活又回到从前：碰撞过后，为了女儿和好；和好不久，又激烈争吵。分分合合中，姜文下不了复婚的决心。都说白头偕老是忍出来的，可这种忍何时才能画上句号？姜文心力交瘁。

影帝再婚，前妻疯狂"围剿"

2004年10月，影片《太阳照常升起》在贵州开机。姜文出任导演兼男主角，与他演对手戏的女演员名叫周韵，是姜文中央戏剧学院的小师妹。周韵来自温州，比姜文小15岁，非常欣赏、崇拜这位大师哥。

剧组驻扎在遵义山区，环境非常恶劣。周韵坚强、不矫情、不做作，以女性的柔情默默呵护姜文：贵州多雨，姜文的皮鞋沾满黄泥巴，周韵每隔两天就用毛巾和鞋油将皮鞋擦得干干净净；因档期紧，姜文经常赶夜戏，周韵买好宵夜给他送到片场……饱受情感折磨的姜文，心里暖暖的，渐渐的，他与周韵相爱了。至此，姜文彻底断了与桑德琳复婚的念头。

2005年1月，《太阳照常升起》杀青，姜文返京的第一件事，就是了断与桑德琳的感情纠葛。当晚，他没有回桑德琳的住处，而是在父母家住了一宿。次日上午，姜文将桑德琳约了出来，直言不讳地说："我决定不复婚了，兜兜转转10多年，我才意识到你我真的不适合做夫妻。"

桑德琳情绪失控："你为什么欺骗我？"姜文平静地说："以前为了一郎，我动过复婚念头；现在我明白了，为了女儿捆绑在一起，会伤害更多人。"女儿得知后，含泪对姜文说："你走吧，我以后不想再见你。""一郎，我永远是你的爸爸，你永远是我的女儿。"姜文忍了多时的泪终于落下来……

2005年12月，姜文与周韵在北京低调完婚。此时的桑德琳陷入痛苦、纠结、愤怒中，她以女儿为利器，开始疯狂"围剿"姜文。她不分时间，不分场合地给姜文打电话，一会儿要他带女儿吃麦当劳，一会儿让他送女儿去学小提琴。没给女儿一个完整的家，姜文很愧疚，因此每次接到前妻的电话，他即便再忙也会匆匆赶过去。疲于奔命中，姜文的许多工作一拖再拖。

2006年3月的一天深夜，桑德琳拨通姜文电话："一郎病了，你赶紧过来送她去医院。"姜文和周韵披上衣服，睡眼惺忪地赶了过去，却发现女儿一切正常。惊讶中，桑德琳冷漠地说："一郎病好了，你们回去吧。"姜文这才明白，桑德琳是故意折磨他们！他愤怒了："你没看见周韵都怀孕几个月了吗？咱们还有共同的女儿，不是敌人。"说完，他带着周韵忿忿离去。

此后，桑德琳借口出差，将姜一郎推给姜文。一次，姜一郎胳膊被蚊子咬了个包，桑德琳赶过来兴师问罪，指责姜文有了新家就怠慢女儿，说周韵是狠心继母，虐待姜一郎。姜文再也无法隐忍："你再无理取闹，我就向法院起诉，夺回女儿的抚养权。"桑德琳被镇住了，疯狂"围剿"有所收敛。

2006年11月，周韵在北京诞下儿子姜太郎。桑德琳终于意识到，姜文不可能再回到自己身边，继续待在北京，只会徒增烦恼和痛苦。2007年5月，桑德琳带女儿返回法国。姜文看着女儿的背影消失在候机大厅的人流中，汹涌的泪水淹没了一个父亲与女儿分离的心碎……

虽然拥有了新家庭和可爱的儿子，姜文还是疯狂想念女儿。这年9月，姜文飞赴巴黎看望姜一郎，桑德琳借口女儿上法语培训班，不让姜文与她见面。姜文在附近酒店住下来，一天给桑德琳发数条短信，哀求她让自己与女儿单独相处一天，可桑德琳找各种借口推脱。

姜一郎得知爸爸来巴黎，与妈妈吵着要见爸爸。桑德琳这才不情愿地将女儿送到公园，要求姜文只能与女儿相处30分钟。姜文有很多话想对女儿说，想给女儿拍照，想带她吃鹅肝……可时间太短，他什么也做不了。半个小时一过，桑德琳就将女儿带走了，姜文站在树下怅然若失。

桑德琳以这种方式折磨姜文，殊不知，最受伤害的还是姜一郎。2009

年 7 月，姜文意外接到桑德琳的电话，说女儿患有轻微抑郁症，姜文的心碎了……

女儿为纽带，前妻前夫成亲人

两天后，姜文匆匆飞赴巴黎，面对不远万里赶来的父亲，姜一郎神情麻木，转身进了房间。姜文走到女儿身边："一郎，你不知道爸爸有多想你。"姜一郎不看父亲，自言自语："活着真没意思。"桑德琳站在门口，形容憔悴，眼圈周围布满青晕，看得出来，她为女儿何等揪心！

姜文与桑德琳沟通："我们都爱一郎，现在她这个样子，我和你一样痛心。要是女儿真有什么意外，我会痛苦一辈子，你也不会幸福。"一番话引起桑德琳共鸣，这次她没有指责姜文。

当晚，姜文在电话里向北京的医生朋友咨询。对方了解到姜文与前妻的纠葛以及被人为分割的父女亲情，一针见血地指出："父母长期敌对，孩子享受不到父爱或母爱，容易背负心理包袱，自卑消沉，害怕与人交往。看到别的孩子沐浴父爱母爱的阳光，心情会更加压抑、脆弱，创伤被放大。你女儿这种情况不能掉以轻心，否则后果不堪设想。"姜文紧张地问："我该怎么办？""多与女儿接触，给她温暖和爱。"

一旁的桑德琳将通话听得一清二楚，她含泪向姜文忏悔："对不起，我太情绪化，太狭隘了。女儿变成这样，我有很大责任。"姜文安慰她道："现在说这些没意义，当务之急就是让一郎快乐起来，与抑郁症告别。"姜文提出带女儿回北京过暑假，桑德琳答应了。

7 月 11 日，姜一郎来到父亲在北京的新家，迎接她的是继母和小弟弟热情的笑脸。周韵早就为姜一郎收拾好房间，添置了崭新的窗帘、床单、枕巾，连拖鞋和手纸都准备好了。

姜一郎有爱心，从小喜欢小动物，第二天，姜文就带女儿逛鸟市，看到网箱内病恹恹的麻雀、八哥，姜文花钱买下来。父女俩准备水和小米让它们吃饱，然后开车带去西山放生。

姜一郎将一只只小生命捧在手心里，让它们飞向天空。鸟雀似乎懂得报恩，在父女头顶盘旋一阵，飞向山林，消失在天际。姜文趁机对女儿说："鸟儿恢复自由了，很快乐，你在爸爸身边也应该快乐起来。"

为了让女儿感受温暖的家庭氛围，姜文组织妻子和女儿举行趣味包饺子比赛，3个人一起和面、剁馅、擀皮。姜一郎包饺子的速度比不过父亲和周韵，干脆将饺子包成三角形、心形和方形。

姜文连夸女儿有创意，周韵则奖励她一把小提琴。姜文说想听女儿拉曲子，姜一郎经常站在阳台上拉节奏明快的《欢快颂》和《野蜂飞舞》。

3岁的姜太郎脸型与姜一郎有些相似，小家伙奶声奶气地叫"姐姐"，缠着她讲故事。他冷不丁就在姐姐后背拍一把，然后躲在门后，探头让姐姐来追。姐弟俩欢快地追逐嬉戏……火热父爱、温暖的家庭氛围，渐渐驱散姜一郎心中的抑郁，她骨子里的快乐基因被激发，话多了，脸上也有了笑容。9月初，姜一郎开学，姜文将女儿送回巴黎。

面对重新快乐的女儿，桑德琳百感交集，为自己对姜文曾经的伤害感到羞愧。姜文告诉她："过去那一页已翻过去了，不必再提。今后我们要做的，就是让女儿一如既往地快乐。"

因女儿这根纽带，姜文与前妻不仅没形同陌路，反而往亲人方向靠近。有时寒暑假，姜文抽不出时间去巴黎接女儿，桑德琳就护送姜一郎来北京。姜文和周韵不但热情招待她，走时还不忘给她带北京特产。

2014年4月，女儿在电话里告诉姜文："妈妈经常头痛，有时整夜睡不着，最严重时还将头往墙上撞。"姜文马上与桑德琳取得联系，根据她描述的症状，请教北京东直门医院的著名中医。对方分析很可能是风湿性偏头疼，中医治疗此病疗效显著，姜文邀请前妻来北京治疗。在北京生活过10多年，桑德琳信服博大精深的中医，便同意了。

这年暑假，桑德琳与女儿来到北京，姜文帮前妻联系医生，还经常开车送桑德琳去门诊接受针灸、艾条灸治疗。周韵每天在家里熬好中药，然后让姜一郎趁热送给妈妈喝。经过近两个月的系统治疗，桑德琳的风湿性偏头疼彻底根除。离开北京时，桑德琳执意与周韵见面："以前我不懂生活，没给姜文带来幸福，希望你能与他白头偕老，过好每一天。"

世上的亲情多种多样，有一种特殊的亲情，就叫前妻前夫。姜文与桑德琳给千千万万离异的夫妇做出了榜样：离婚了，彼此不是仇人，依然是孩子的父亲、母亲，婚姻不再，却完全能以另一种方式延续亲情。

选自《恋爱婚姻家庭》2016 年第 4 期

> 亲情是一面帆，让我们破海渡洋；亲情是一座楼，为我们挡住寒光；亲情是不灭的焰火，我们的人生被它照亮！

成人不自在，自在不成人

文 / 林永英

我以为挫折、磨难是锻炼意志、增强能力的好机会。

——邹韬奋

那一年是我十八岁也是我高中的最后一年，当从开心嬉笑的高一高二走过，一跨进高三的门槛，那颗本是贪玩无忧的心忽地就和周围的环境一样凝重起来，有了一种紧迫感，压力感。是好好学，考上有铁饭碗的城镇户口，还是继续贪玩，考不上回家当农民种地？路就那么突兀，那么泾渭分明地摆在了我们的面前。

面对眼前的岔路口，我很茫然。真正要考上个大学，真是不易，那得是班里最优秀最拔尖的学生才敢有的想法。

那时学校没有艺体班，只有几个喜欢艺术的学生，分别跟着音体美老师单独学，然后再考取理想中的大学。前两届有几个同学成绩也不是很突出，但是通过这几方面的专业考试，都分别考上了理想的学校，跳出了农门。

我自认为自己有音乐这方面的一点天赋和爱好，若能学好它们再考学，我觉得前程还算是有点希望的。于是回家和父母平生第一次像个大人似的谈了我的想法。得到父母的赞许后，我开始了自己在这最后一年里的拼搏。

高三是我利用最好的一年，最苦的一年，最累最充实的一年。每天晚上我都是把时钟调到第二天的凌晨四点，四点的铃声一响，无论多困，我都要从暖暖的被窝里爬起来。然后到楼前的琴房里弹琴、练声。

此时，同学们都还在梦中，宿舍里此时还没有亮灯，也有一两个想学习的会在床头点上小蜡烛看书。记得有一次睡得太沉太香，听到铃声一响，爬起来就走，幸好在最后一刻前清醒过来。弯腰一摸是床沿，我是在上铺呀，若是再走一步非掉下不可，当时就吓出了满身的冷汗。

待冷静下来，还是匆匆用前晚打好的冷水洗了把脸，然后继续到琴房弹那个四处冒风的脚踏琴。学校有手风琴，但练手风琴至少也应该从高二就得开始，我现在要开始学有点晚。所以老师让我选择的器乐是钢琴，学校没有，就只能用脚踏琴代替。但是训练时，手的位置，力度都要严格按钢琴的要求来练，因为考试时曲子必须是在钢琴上弹的。这种在风琴上找钢琴的感觉真是不好找，就只能是死劲地练了。

四点来到琴房，我自己给自己立了规定，前三十分钟热手弹音阶，然后是跟琴练声。最后一小时翻译五线谱，练习自己准备考试的曲子，说是一年，怎么能够呢？专业是提前两个月考，而我也必须在这最短的时间内全力以赴地把专业学好。专业考试过关了，才能有资格参加文化课考试，不然一切都是免谈。

六点，我准时和同学们在教室里上早自习，这个时候我都是用来背英语的。文化课我只上我要考的科目，其他不考我也就不学了。上其他课的时候，我就到宿舍做老师发的试卷，在宿舍学没人管，那是需要自制力的。我的数学、英语成绩奇差，那就从高一的开始复习，我用地毯式逐块搜索，不会不懂不明白的，我就去问。决心去学了，还有什么不可以克服并学不会的呢？

那段时间只要有空闲我就学，兜里时时都装着英语单词本，随时更新，随机而背。啃着煎饼，腿上也会摊上本书，哪怕只看一点也是好的，说不定这一点就会是考试时出的题目呢！

晚自习之后，别的同学回宿舍，而我是去了琴房。在这里我会一直练到十点，晚上的十点，校园里是很静的，也很吓人。每次我拿着手电回宿舍的时候，另一只手里都是攥着一把削铅笔用的小刀的。校园中没有什么，门口也有值班的，可就是说不出的害怕，就那么攥着，走着……

从早晨四点到晚上十点，我的睡眠严重不足，累是更不用说的了。尤其是我练琴的肩和背有说不出的酸痛，真想痛痛快快地在床上摊开四肢，美美地，美美地睡上一觉。其实那时就是这样，很多考上学的学子在经过那段时间的拼搏后，都深有体会。

待到考专业时，门德尔松的《纺织歌》已被我弹得有声有色了，老师很满意，我也很满足，这么短的时间内我做到了自己的最好。我通过自己辛苦的努力，成功了。

高三的那一年，是我从懵懂到迅速成长的一年，不是有句话叫"成人不自在，自在不成人"吗？每当回想起那段拼搏的日子，我总是很欣慰，很骄傲，我选择对了，也坚持对了。有了这段艰苦拼搏的经历，我还怕什么？以后的路还能有多难？

选自《考试报》2016 年第 37 期

那段难熬的岁月，是我们成长的必修课，那时候是孤独的、黑暗的，却也是最努力的。熬过之后就好了，守得住寂寞才能争得到繁华。

那年的情书

文 / 华清

不要太早地相信任何的甜言蜜语，不管那些话语是出于善意或是恶意，对你都没有丝毫的好处。果实要成熟了以后才会香甜，幸福也是一样。

——席慕容

校园的早恋比龙卷风还猛烈，连班里的几个尖子生也被卷进去，成绩一落千丈。找他们谈话，没收敛几天，月还没上柳梢头，他们已在柳树下卿卿我我了。这样下去肯定会影响高考，真叫人头痛。

"你们想听这封情书的故事吗？"我扬扬手里的情书，全班学生都说想。

这是我和你们在一样年纪时发生的故事。

"柳芳，今晚我在悠然亭等你。"纸条是用英文写的，我接过陶林从圆桌下传过来的纸条，脸红了。全班男生中我唯一爱慕的就是他。在班里，学习成绩不是他第一，就是我第一。

我和陶林不可救药地堕入情网，老师上课说什么我一点也听不进去。我们最盼望到"英语小组"学习，因为这样就可以面对面地看着对方。

有一次模拟考试，我们都考得一塌糊涂。班主任黎老师找我们谈话，"你们都是我最喜爱的学生，这样下去别说重点大学，就是中专都考不上。好好总结成绩滑坡的原因！"我和陶林你看看我，我看看你，都默不作声。

"柳芳你最近神情恍惚，是不是也早恋了？"黎老师单独找我谈话。我连忙否认。"不是最好了，别像班里有些同学那样早恋，我们都把希望寄托在你身上。"

陶林突然转学了，我想问他为什么，又不知去哪里找他。心里老是纠结着，脑海里总是浮现他含情脉脉的眼神。看着他空荡荡的座位，我的心也变得空空荡荡的。

月考，我跌到三十名以后。

陶林来信了，约我到悠然亭见面，我早早就到那里等，从月升等到月落，仍不见他的影子。恰好，黎老师和师母散步经过这里，我躲避不及。

他问我为什么会在悠然亭？我谎称心情不好，出来散散心。"快回去吧，一个女孩子三更半夜地在这里很危险。其他的别想那么多，好好读书，考上大学，你母亲供你读书不容易。"一想起在那几亩薄田扒食的寡母，我潸然泪下。

"今天的班会课，我跟大家谈情说爱好不好？我先读封情书。"第二天的班会课上黎老师说，同学们一听有情书听，顿时精神亢奋，连连说好。

"那天约你到悠然亭见面失约了，你心里一定很难受吧？真对不起。我父母说得对，我们都是中学生，现在的任务就是学习，考上大学。人生虽然很漫长，但最紧要的只有这几步。我们现在正处于人生的关键时期，这步不能走错。谈情说爱那是将来的事，亲爱的同学，让我们暂时忘记彼此，投身到火热的学习中去吧，让我们相约在美丽的大学校园。"老师还没读完信，有些同学就在下面起哄："谁写的？写给谁的？"

黎老师目光巡视全班同学，然后落在我身上。我赶快低下头，心"怦怦"直跳。这封信无疑是陶林写给我的，怎么会落在黎老师手里？天啊，如果他说出信是写给我的，我还有脸在班里呆吗？

"这封信是谁写给谁的并不重要，你们也别追问。你们正是情窦初开的年龄，男生女生之间有朦胧的好感，老师理解。但是你们还不懂得什么叫真正的爱情，你们还不是谈恋爱的时候。记住这个同学说的话：暂时忘记彼此，投身到火热的学习中去吧！同学们，你们的爱情之花不应该盛开在中学校园，将来绽放在大学校园吧！"黎老师说完，目光又落在我身上。

我从此专心致志学习，不再胡思乱想了。

考上大学后，妈说那两只公鸡送给黎老师补补身子吧。

"你也在？"没想到在黎老师家会见到陶林，他瘦多了，人也成熟多了。

"嗯，爸说我考上大学了，过来谢谢黎老师。"陶林停顿一下，说："也应该感谢你，多亏了你那封信，要不我肯定无缘问鼎大学。"

哪封信？我没有写过信给你啊！但陶林把信的内容倒背如流。天啊，这不是黎老师在班里读的那封情书吗？这是怎么回事？

"哈哈，你们都想知道原因吧？我也想找个机会给你们说清楚呢。"黎老师不知什么时候回到家了。

黎老师说，他早从我们的眼神中看出异常，可找我们谈话我们又不肯承认恋情，最要命的是两人成绩滑坡得都很厉害。他找到陶林父亲。"要把他们分开。"陶父很快把陶林转到他所在的学校。

一次他发现陶林写信约我出来，便把这事告诉黎老师。"信让他寄给柳芳，我自有安排。"于是，便有了他和黎师母"恰好"经过悠然亭的一幕。当然，陶林是不会出来约会的，他已被父亲关了起来。第二天，陶林收到了"情书"，我也在班里听到了黎老师念的"情书"。

"是谁写的？"我和陶林异口同声地问。

"这还用问吗？"黎老师眨眨眼。

"老师，那封情书写得真好，我想知道，你后来和陶林结婚了吗？"有学生问。

"大学毕业后我们就结了婚，这封情书我们一直收藏在箱子里，它永远不会发黄。"

"我的故事讲完了。"全班学生鸦雀无声，那些早恋的学生，你看看我，我看看你，全都低下了头。

选自《语文报》2016 年第 17 期

> 早恋是正常的，是健康的，我们都曾有过那么一段日子，沉浸在对异性的好奇中不能自拔。可是早恋却不一定是正确的，我们必须得明白，在生命的什么阶段就该做什么样的事情。如此，生命才不会有遗憾。

要对有些爱不以为然

文 / 何东

爱情使人心的憧憬升华到至善之境。

—— 但丁

与他相遇之时，她初念高一。穿一袭洁白的连衣裙，扎着高高的马尾，怀抱两本书从宿舍出来，低头急急穿过篮球场。和其他同龄的女孩一样，她羞涩，矜持，不敢抬头看那些男孩裸露的肩膀，如雨的汗水。

忽然，一个模糊的物体从她的头顶略过，重重地砸到了几步之前的地面上，旋即弹起。这一幕，把瘦弱的她给吓坏了，直直地站在那儿。正当她不知所措时，一个高大的男孩跃身抱住了它，汗水淋漓的脸上堆满歉意的微笑。

这个情节怎会如此熟悉？原来，方才正于书中读到。况且，如此老套的写法，在那个时代的言情小说里比比皆是。

后来，她在篮球赛上通过朋友介绍认识了他，刚碰面，双方就哑然失笑了。"两耳不闻窗外事，一心只读圣贤书"的她显然不知，他便是学校传闻里的"篮球王子"。的确，他的动作迅速，身手矫健，并且，长得颇为清秀，与她在书中读到的"白面书生"一般相似。

他向她初次表白的时候，硬把腼腆的她吓了一跳。尽管她对他并非心存厌恶，可年纪尚轻，她又如此看重学业，怎可能因此犯险？况且，她心里已早有人居。那个大她三届，能写一手好文章的男孩，已把她的心悄然带走了。

她没想到，他对她的喜欢，整整保留了三年。三年里，他读了无数的书，写了无数首诗。她刚欲对他答复，录取通知书就下来了，两人鬼使神差地被分隔两地。用火车来算，那该是十几个小时的距离。

每临节假，他总会异常节俭一段时日，省出路费，穿越十几个小时的山水去看她，这令她实为感动。

如此艰难地爱了两年后，他忽然有些疲惫了，因为身旁出现了一位东北女孩。讲好听的普通话，说很好的英文，体贴至极。后者，比起她一如既往的冷漠的确是胜了一筹，果然，他心动了。

当他们在校园里第一次牵手时，就有人告诉了她。他不知道，他的学校里，有几个她的老同学也在其中。那夜，他们吵得不可开交，电话那头，她哭得让人心疼。尽管她知道，他们之间刚开始，并没有发生什么。可爱情这东西，谁能容忍它被残忍割裂，并与人分享？

他不知道，这两年的时光里，有多少男孩给她写过信，打过电话，可都被她一一拒绝了。原因很简单，她的心，已被他从那个能写一手好文章的男孩手中夺了回来，默默随他而去了。

他终于做出了选择，还是与初始的她在一起。他安慰道，这个事，在生命里迟早是要出现的，幸好它出现在了婚前，让我意识到了你的重要性，并懂得如何珍惜你。为他这话，她把所有的恨意全然放下，继续着心中那份小心翼翼的爱情。

可她无论再怎么努力，终究还是无法释然。每当电视里一说"东北"这两个字，或者是其中一个地名，甚至一件小事，都会让她联想到自己的爱情，进而伤感不已。挣扎了许久之后，她提出了分手。电话那头，他愧疚得像个孩子一般，号啕大哭起来。

多年以后，他们各自有了各自的家庭。这段曾经遭受磨难的爱情也已淡然平息，几近云散。她很爱自己的丈夫，而丈夫也全然知道，她之前曾深爱过两个男子。

一生中，她完整地经历了三次爱情，可后者，却对之前的两次毫不在乎。她原本以为，这是丈夫的度量，宽容了她。可慢慢明白，这是他经营爱情的一种方式。如此睿智的他，用这种不动声色的忽视，换来了两个人的美满幸福，以及爱情。

一生中，我们不知要经历几次爱情，而真正能幸福的，往往只有一次。那么，我们就该学会用经营的理念来把握自己的幸福。在得到真爱的同时，还要学会对某些微存干扰的爱情不以为然。

选自《时代青年·哲思》2009 年第 3 期

我们要经历无数次爱恨，才能真正明白爱是什么。好好珍惜那些疯狂的时光吧，愿你到岁月最后，能够坦然地说：那些男孩教会我生活，那些女孩教会我爱！

沉默的石头会开花

文 / 张燕峰

为着品德而去眷恋一个情人，总是一件很美的事。

——柏拉图

阳春三月，煦暖的春风照在我身上，暖融融的，就连心头也沐浴在一片花香氤氲的明媚之中。

蕊儿笑容灿烂，一如铺天盖地流泻的春光，她牵着我的手，小小的身子倚靠在我的身上。我的目光温柔地落在她那黑瀑般秀美柔顺的头发上，有时又落在她粉嫩的面颊上，像多情的蝶。

这时，迎面走来几个同事，他们笑着问："蕊儿，你好快乐啊，和谁在一起呢？"

蕊儿脸上的笑意更迷人了，像清澈的湖面荡起了一圈圈美丽的涟漪，脆生生地回答："妈妈。"说完，害羞似的把脸深深地埋在我怀里，双臂紧紧地搂住我的腿。

我弯腰，轻轻地把她抱了起来，无限爱怜地轻抚她小小的背。

来这所特教学校工作转眼已经五年了。

这些孩子都是上帝咬过的苹果。有的双耳失聪，总是睁着一双空洞的眼睛迷茫地望着你；有的咿咿呀呀地冲你又吼又喊，却不能清晰地吐出一个字符；有的智障，任凭你口干舌燥，千呼万唤，他却置若罔闻，一个人兀自沉浸在自己思想的王国里纵横驰骋。他们各有残缺，看着这些孩子，让你的一颗心总是莫名的疼。

在这些孩子里，蕊儿格外令人爱怜。她是个患有轻微自闭症的孩子，各项检测显示，她有语言功能，却就是倔强地紧闭双唇。喉咙像是被一把生锈的铁锁生生锁住了一样，从来不肯吐露一个字。

蕊儿长得很可爱，长长的睫毛扑闪着，像蝴蝶轻盈的翅膀，眸子澄澈明亮，美如天边闪烁的星子。

于是，我常常带蕊儿出来散步，在清晨的薄雾中，在夕阳的余晖里，或是在雨后的花园里，都留下了我们的足迹。

还记得第一次带她出来散步的情景。蕊儿温润潮湿的小手攥成了拳头，小脸上的肌肉僵直，绷得紧紧的。头低低地垂着，只死死地盯着自己的脚尖，整个人就像一只浑身耸起尖刺的小刺猬一样。

从其他教师那里了解到孩子来这所学校已经三年了，她的爸爸妈妈除了交费之外从来不到学校来看她。我不知道孩子何以如此固执地不肯开口说一句话，让所有的亲人都对她失去了信心。每当看到她那紧闭的双唇，我的心就像被一双无形的大手拎起来一般，疼得缩成一团。

风儿轻轻地从林间掠过，青青竹叶发出沙沙的声音。我说："蕊儿，这个世界上所有的东西都会说话，你听到了吗？竹子在说'啊，好凉爽啊，我们好舒服！'"

露珠在草叶间滚动，晶莹剔透，我会说："蕊儿，听到了吗？露珠在说'快把我收集起来，做成一串美丽的项链，挂在这个小姑娘优美的脖子上。'"

经过花圃时，蜜蜂在繁花嫩叶间嘤嘤嗡嗡地闹，我会说："蕊儿，听到了吗？蜜蜂在唱歌呢，它在唱'我是一只小蜜蜂，采集花粉忙又忙。快些酿出好蜜来，送给蕊儿尝一尝。'"

原以为蕊儿会高兴得笑出声来，可她娇嫩的唇仍紧闭着，像极了沙滩上紧紧闭合的河蚌。我沉默了，长长地叹了一口气。

渐渐的，蕊儿与我熟稔起来，每次牵着她的小手散步，她的手指不再紧握，而是缓缓张开，与我十指相扣。有时我会故意挠挠她的手掌心，这时她总会闪到一旁，眼中有隐隐的笑意。

我说："蕊儿，你今年八岁了吧？像你这样大的小朋友都能背好多首古诗了，你怎么就不肯开口说一句话呢？"

一提到说话，蕊儿清澈如水的眸子立刻黯淡下来，蒙了尘一般。

一晃四年过去了，总看到我不厌其烦地与蕊儿絮絮叨叨地说话，同事便悄悄劝道："不要白费力气了，那是一块沉默的石头。"我摇摇头，"精诚所至，金石为开，总有一天，蕊儿这块小小的顽石也会开花的。"

天气晴好，我又带着蕊儿来到草地上晒太阳。看见她长长的刘海快要遮蔽住眼睛，我便掏出剪刀轻轻地给她剪头发。我说："蕊儿，快听，你的头发在说话，它在说'哇，好舒服啊。'"接下来，我又轻轻地给她剪起了指甲，我说："蕊儿，你听，指甲在说话，它在说'轻一点，轻一点，我怕痛。'"

这时，我注意到蕊儿的脸上浮动着一层从未有过的迷人的光彩。我说："蕊儿，我知道，你一定想说话。你怎么就不开口呢？"

蕊儿慌乱而羞涩地望着我，眼中泪光盈盈。我把手轻轻放在她的胸前，一颗小小的心脏竟跳动得异常剧烈，山呼海啸一般。我满怀期待地说："蕊儿，你的心在说话呢，告诉我，它在说什么？"

突然，始料未及的一幕发生了：蕊儿紧闭的双唇不可思议地张开了，她热烈地注视着我，目光中似有万语千言，眼里竟涌出了大颗大颗的泪珠。

我拼命地压抑着汹涌的情绪，故意放慢了语速，轻柔地说："不要怕，丑陋的毛毛虫要变成美丽的蝴蝶，必须要挣脱蚕茧的束缚，一定也是很痛很痛的。不要怕，蕊儿，你一定有许多话要说。告诉我，你想说什么？"

"妈——妈——"蕊儿终于开口说话了，声音抖颤得如同天空中飘摇不定的风筝。

"天哪！你终于开口了。"我激动得喜极而泣，把蕊儿紧紧地拥在怀里。

"妈妈——妈妈——"蕊儿一遍一遍地重复着，声音一次比一次高，听得出她在尽情地享受着重生的喜悦。

沉默的石头会开花。只要心之所系，情之所至，小小的顽石，也能开出春天芬芳的花。

选自《情感读本·生命篇》2014 年第 3 期

正所谓精诚所至，金石为开。没有什么能够抵挡爱的攻势，如果存在问题那就是时间和持久力的问题。

请让每个小孩都找到回家的路

　　他和她高中就相恋了，后来因为考上了不同的大学，两个人就开始了异地恋。距离并没有让爱情变淡，虽不能朝朝暮暮卿卿我我，但他们也有着自己独特的恋爱方式。每晚至少半个小时的视频聊天，每周必须的一封通信，一样让他们体会着爱情的甜美与珍贵。

独行青春里的美妙歌声

文 / 安一朗

　　在这座城市里，我相信一定会有那么一个人，想着同样的事情，怀着相似的频率，在某站寂寞的出口，安排好了与我相遇。

——张爱玲

一

　　林小小读高一时，偶然听见一首老歌，然后她着了魔似的喜欢上那位十几年前的歌手，并把这位歌手演唱过的所有歌曲听了一遍又一遍，那些纯美又略带忧伤的老歌让林小小如痴如醉。

　　小时候的林小小是个活泼快乐的女孩，她在少年宫学唱歌，连音乐老师都夸她像只百灵鸟。后来上五年级那年，林小小生了一场大病，病愈后，由于药物的副作用，身材瘦小的她日渐长胖，变成了大家眼中的胖子。

　　那一年，林小小参加了最后一次唱歌比赛。她发挥出色，却只得了第三名。"唱得确实好，但胖成那个样子……可惜了。"一个同学不经意的一句议论落入林小小的耳朵，在她平静的心里掀起了滔天巨浪。

　　她惊呆了，也瞬间明白了身边的同学一天天疏远自己的缘由。宣泄般号哭了一个晚上后，林小小像是变了一个人。她再也不肯当着别人的面唱歌了，整日耷拉着脑袋，对谁都鲜有话说。

二

在班上一群爱笑爱闹的同学中，林小小像一只落错枝头的鸟儿，她找不到自己的同伴。因为沉默，成绩中等的她时常被人遗忘，被遗忘对林小小来说倒是件好事，但班上总有一些调皮的男生不放过她。

有一天她正准备进教室，突然听到有个男生说："林小小的父母也真够绝的，女儿都胖成那样了，还叫她小小。"说完，一阵哄笑声在教室里回荡。

"洪宇，你嘴巴太损了，欺负女生有意思吗？"一个女孩及时制止了这场闹剧，林小小听声音就知道这是班长程灵。

林小小阴着脸推开门，径自走进去，刚刚还喧闹的教室顿时鸦雀无声。

作为班长，程灵一次次主动接近林小小，但林小小不为所动，她冷漠而倔强地拒绝了程灵的友善。那些不为人知的忧伤，程灵不会懂，林小小不需要别人的同情和怜悯，她只想活在自己的世界里，独自忧伤，独自歌唱。

林小小冷漠得像一块冰，但班长程灵就是铁了心，要用自己的热情融化这块冰。她想走进林小小的世界，帮她打开紧闭的心扉。十六岁如花的季节，岂能如此安静而消沉？

三

程灵一次次的努力都是徒劳，林小小用冷漠的表情拒她于千里之外。

只是程灵没有看见，在她沮丧地转身离开时，林小小眼中闪现的柔光。林小小对程灵的热心和善良是有感知的，也充满感激，但她紧闭自己的心扉太久了，她不知道要如何打开，不知道打开后又将会遭遇怎样的境况。

林小小沉默不语，却也在冷眼旁观。她已经知道了那天在教室里大声喧叫"林小小，人小小，却是个大胖子"的男生叫洪宇，一个长相清秀，却很调皮的男生，在班上常惹事。时常有女生向班长程灵告状，说洪宇欺负她们。程灵每每将洪宇抓来一顿训时，他会装得可怜兮兮，连连认错，保证以后再也不敢。

程灵让他向大家道歉，他一脸悔过自新的表情常惹得众女生一阵大笑，在他向众人诚恐诚惶地点头哈腰时，眼珠子却在骨碌碌地转，一个坏点子又来了，闹得大家又好笑又好气。

班上出了这个活宝级的人物，无聊、单调的学习生活倒也增添了不少乐趣。教室里，只要有洪宇在，总是笑声阵阵，骂声四起，喧哗不堪。

林小小看着他们开心地笑，有时心里竟也很羡慕洪宇的洒脱个性，他虽然爱逗乐别人，但心眼并不坏。林小小也羡慕程灵，觉得她是上天特别惠顾的女生。

四

有一天傍晚，林小小去教室晚自习。时间尚早，空荡荡的教室里只有她一个人，伫立在窗前，望着天空中绚丽的晚霞，林小小沉浸其中，不经意地哼唱起一首经典的老歌。可能是太投入吧，笼罩在夕阳余晖中的林小小唱得忘乎所以，那深情、悠扬的歌声随风飘荡。

不知过了多久，门口突然传来叫好声，林小小的歌声戛然而止。

"哇！唱得太好听了！天籁之声呀！"洪宇竖起大拇指，一脸惊喜。

林小小的脸霎时像抹了胭脂，她习惯性地低下头，不吭声了。

"对不起！打断了你美妙的歌声，我实在是情不自禁才叫出来的。"洪宇说。

"你继续唱吧，你唱得真好！"洪宇接着说。

"谢谢！但请你为我保守这个秘密。"过了一会儿，林小小突然低声说。

洪宇想不明白，林小小为什么不愿意让别人知道她能唱出如此美妙的歌声呢？

后来的日子里，林小小一如既往地沉默，每天形单影只。洪宇却无法当作什么事情都不曾发生，他被林小小的歌声震住了，他觉得自己曾经嘲笑她胖简直是太幼稚了，这个外表平凡的胖女生原来很不一般。

林小小从来没有想过，会有男生这样称赞她。当她再次见到洪宇时，内心忽然间感到既慌乱又甜蜜。她是一个敏感而心思细腻的女生，想着洪宇那天黄昏对她说的话，林小小的嘴角悄然绽放出一抹明媚的笑，但当她听到班上的同学盛传洪宇喜欢班长程灵时，林小小刚刚开启一条小缝的心扉再次严严实实地关闭了。

一天课间，程灵跟以往一样，又主动跟林小小打招呼。

"别假惺惺好吗？我很累。"林小小盯着程灵说。

"小小，你为什么这样说？"程灵哽咽着问，她不明白自己做错了什么，她只是想帮林小小走出孤独，让她快乐起来。

看见程灵流泪，几个围观的女生赶紧跑过去安慰她："班长，别人不领情，何必委屈自己？"

"好心被狗咬，能不伤心吗？"

"死胖子，不知好人心。"

众女生骂骂咧咧，所有矛头都指向林小小。

林小小心如虫噬，她也不明白自己怎么会说出如此伤人的话。难道……脑海中突然闪现洪宇微笑着的脸庞，林小小惊呆了。

五

时间有条不紊地从身边滑过，像暗夜中潜行的溪流。

升上高二，随着文理分科，林小小已经很少看见洪宇。程灵依旧是林小小的班长，但自高一期间发生的事情后，她再也没有主动找林小小说过话。林小小心里充满歉意，但不知道怎样请求程灵的原谅。

随着高考的临近，在紧张的学习中，林小小总会患得患失，她会想起洪宇嬉笑的脸，会想起程灵扑簌簌滑落的眼泪，心里怅然若失。

临毕业那几天，洪宇拿着毕业留言册站在林小小的面前说："老同学，赏个脸，帮我留个言吧！"林小小惊讶地望着洪宇，心跳骤然加快。

"真希望还有机会听你唱歌，你的歌声简直是天籁之音！虽然我一直为你保守这个秘密，但我还是觉得你的歌声应该让更多的人听到。"洪宇继续说。

林小小怔怔地望着洪宇，表面平静，心潮却暗自涌动。

程灵的留言册是在高考结束的那天才送到林小小的手中的，林小小面对微笑的程灵，看着空荡荡的教室，心里充满了离别的愁绪。她低下头，真诚地说："程灵，以前的事对不起！但我会记住你曾经对我的好。"程灵惊讶地望着林小小，她没想到，这个冰一样沉默的女孩会亲口对她说这些话。

"小小，那天我来教室时，不经意听到了你和洪宇的对话，才知道原来你也是个爱唱歌的女孩，找个时间我们一起去唱歌吧！"程灵热情地说。

"好啊，一定要邀上我！"不知什么时候，洪宇已经站在她们面前了。

林小小害羞地低下头不吭声了，脸上却挂着笑。这段孤独行走的青春结束了，她再也不要一个人寂寞地歌唱了。

选自《学生天地·初中》2013 年第 10 期

> 那时候的我们，总是喜欢把自己藏得很深很深，可是只有自己清楚，自己是有多么寂寞。

请让每个小孩都找到回家的路

文／一路开花

世界上没有一朵鲜花不美丽，没有一个孩子不可爱。因为每一个孩子都有一个丰富美好的内心世界，这是学生的潜能。

——冰心

一

许小纯说："伟大的人从来都要历经坎坷的。"比如像他，虽然天天被爸妈打，但仍然可以开开心心，这就是将来的伟人。

许小纯是我最好的死党，他除了太喜欢吹牛之外，其他方面都挺好。

那时新加坡的《小孩不笨》正火，我和许小纯一直想看，但无奈没钱。许小纯灵机一动，故技重施，又拉着我去骗他妈说要交班费。那天，不知是他倒霉还是他妈妈脑子抽筋，竟然想起来给班主任打个电话。

结果，他妈妈不仅知道这次班费是个骗局，还把上几次的什么试卷费、春游费的事情全搞清楚了。可想而知，许小纯被打得满街乱跑不说，我也无缘无故挨了两皮鞭。

许小纯是出了名的打不死，正因如此，班里的很多女生都给他取名叫小强。这不，才刚逃出他妈的军事圈，他就一本正经地问我："哥们儿，《小孩不笨》还看不？"

"看是想看，只是哪儿有钱啊？"我一边瞅着许小纯，一边无辜地搓着红通通的手臂。

"走，我带你去找我爸！这次，你可一定要演得逼真点，知道吗？"许小纯那架势，那气场，绝对比张艺谋还张艺谋。

许小纯五岁的时候，他爸妈就离婚了。具体情况，许小纯不知道，他也懒得问。反正自己成绩不好，除了被打，也就只能要钱找点消遣，关于这一点，许小纯倒是想得开。不过，他爸的脾气也好不到哪儿去，三句话不对头，就是一记如来神掌。

和许小纯在小区里走了半天，终于在小卖铺旁边的茶室里找到他爸爸。他爸正叼根烟，翘着二郎腿，满嘴脏话，一副地痞流氓的样子。

"爸，看你这样子，是不是赢钱了？哦……我们要交班费，50块，我妈没钱，让我管你要点……"许小纯哆哆嗦嗦的样子，不知道是装的，还是真的害怕。

"好！和啦！"和许小纯他爸同坐一桌的老头乐坏了。

"要你妈个锤子！看看，就因为你要钱，老子连清一色就放炮给人家了！滚，别找我要钱。当初离婚的时候法院都把你判给你妈养了，你还来管我要什么钱？再说了，你看我像有钱的样子吗？再管老子要钱，老子就打死你！"许小纯他爸的鬼样子，连我站在门口看了都害怕。

"爸，我们真的要交班费嘛……大不了这钱我以后长大了还你。"许小纯双眼含泪的无辜样，谁见了都心疼。

"得了得了，50没有，喏，只有30，爱要不要。剩下那20，你管你妈要去。"说完，他爸又接着"码长城"去了。

二

说实在的，虽然我和许小纯好得穿一条裤子，但很多时候，我真的不知道他是装哭，还是真哭。就比如这次，他带我管他爸要钱，刚才还梨花带泪双眼通红，可一出门，就活蹦乱跳各种欢乐。我真搞不明白，有的时候都忍不住问他是不是疯了。

就这个问题，他从来不正面回答我。

"许小纯，你刚才演得真像。"

"演个屁！老子那是真哭好不？你懂不懂？好啦，不说了，和你说了你也不懂。小孩子，你懂啥？喏，你看，这不就有 30 块了吗？不过，说实在的，电影票真的好贵，不如我们去买张盗版碟看看算了，除了模糊点之外，其他都差不多。剩下的钱，我们还能干点别的。"

就这样，我和许小纯去城南的路边摊买了两张盗版的《小孩不笨》和《小孩不笨 2》。

看完《小孩不笨》之后，许小纯开始犯二了。他觉得自己性格有点像电影里的成才，既然做不了最好的，那就做最坏的算了。就好比成才喜欢打架，那就让他打到全世界最大的舞台去好了，没什么不可以。

成才打架打得好，这算是个特长，可许小纯实在不知道，自己要坏到底，究竟有什么特长。想来想去，貌似许小纯也就只会画两张破漫画。

把漫画搞到全世界去？貌似不可能，他又不是几米。再说了，连个像样的老师都没有，想想就心寒。

许小纯真心喜欢画画，他书包里永远都有漫画书。上课无聊了，翻出一本来看看，见到漂亮的一页，他就提起笔在课本上现场临摹。因为这事，许小纯没少挨揍，但他就是停不下来。

许小纯想了一下午，最终决定去跟他妈妈商议，给他找个好点的美术老师，他想学美术。

好吧，这次我胆怯了，因为我对许小纯的妈妈还算了解。我远远地站在窗台边，看到许小纯被他妈打得像只乱窜的小母鸡。

许小纯不甘心，拉着我去找他爸谈。结果，话还没说完他爸就直接把手里的麻将扔过来了，我和许小纯吓得扭身就跑。

三

许小纯这次像是来真的了。首先，他跟他妈断了联系，直接把床褥搬到我家来了。其次，他再也没找过他老爸。

我问许小纯："为什么他们都不同意你学画画？"

"我怎么知道？他们说我数学只考了 15 分，外语单词都记不住，还天天倒数……我就想不通了，这些和画画有什么关系呢？画画还需要背数学公式？还是说画画还需要写几个单词在上面？真搞不清楚大人是怎么想的。"

许小纯那天特别郁闷，他不但逃课，还买了两瓶啤酒。那年，我们15 岁。

他坐在我的卧室里，一个劲儿跟我说自己的故事。说两句，喝一口啤酒，说一句，喝一口啤酒。最后，不知道他是真醉了，还是伤心了，反正是哭得稀里哗啦的。

那是我第一次见许小纯哭得这么难过。

他说他特别羡慕我有这样一个家庭：可以和和气气跟爸妈说话，可以跟他们谈自己的理想，可以在过年过节吃团圆饭，还可以在下大雨的时候等他们送伞……

"小海你知道吗？为什么每次下大雨，你爸妈一来送伞，我就会背着书包跑回家？因为我怕我哭。虽然你爸妈每次都送两把伞，但你爸妈毕竟不是我爸妈……"

这一切在我看来都是稀松平常的事，怎么在许小纯那里就成了奢望呢？我越听越难过，越想越难过，然后，我也跟着许小纯一起哭得稀里哗啦。

我为什么哭呢？我到今天都想不明白，反正当时就觉得特别难过。

第二天醒来的时候，许小纯已经不见了。

许小纯一直没来上课，整整一个清早，我都坐立不安。我总觉得有什么事情会发生。

果不其然，许小纯喝醉之后，又去找他爸了，他又哭又闹跟他爸说了一通。结果，他爸不理解不算，还把他劈头盖脑狠打了一顿，骂他怎么怎么不争气，怎么窝囊怎么笨，天天考倒数，估计都不是他亲生的。

下午的时候，班主任给许小纯的老妈打了电话。他老妈二话不说，当着众人的面就把我训了一顿，我实在莫名其妙。

我还没来得及反抗，110的警车就直接开到教室门口来了。

就在第三节课还没下的时候，许小纯跳楼了。他从五楼跳下来的时候，身上还穿着天蓝色的校服，还有我送他的那双二手耐克鞋。

幸好楼下的广告牌和摊煎饼的棚子挡了他一下，不然，他就真一命呜呼了。

四

许小纯躺在医院里，神情漠然。医生说，右腿骨折，断了三根肋骨。

他爸蓬头垢面地跑到医院来，还没问清楚情况，就跟许小纯他妈大吵起来。他们开始推卸责任，开始谩骂，甚至要大打出手。

从始至终，许小纯都没说一句话。

其实很长一段时间，我都活在许小纯的阴影里，我实在想不明白，他为什么要自杀。一个天天跟我在一块儿、逗我开心带我玩的乐天派，怎么忽然就这样了呢？这件事，一直在我心里盘桓不去。

不过，那段时间应该是许小纯最快乐的时间。他爸和他妈天天轮流照顾他，给他做饭，陪他说话，看他画画。

我送了许小纯一套珍藏版的几米漫画，另外还送他几支笔还有几个本子。他天天躺在病床上画画，说那么多同学送来的礼物，就我的最靠谱。

我觉得许小纯正在一天天回来。他像个迷了路的小孩，需要一点时间，需要多走几个弯，才能慢慢找到回家的路。

许小纯安静多了，他依然乐观，只是好像变成了另外一个人。

取钢钉那天，许小纯的妈妈在隔壁的病床上睡着了。这几天，她连夜照顾许小纯，确实很累。

她醒来的时候，许小纯已经不见了，她发了疯一样，在医院里到处问人。她从楼上跑到楼下，从这栋楼跑到那栋楼。她跑的时候，眼睛一直看着楼顶，看着窗户，她害怕，她怕许小纯又会从那栋楼上跳下来。

当她跑到医院门口准备掏电话报警的时候，我搀着许小纯出现了。她二话没说，上来就给许小纯一巴掌。

许小纯笑笑："妈，还没吃饭吧？这是我去城北给你买的煲仔饭，就是你最喜欢吃的那家四川店。你看，还热着呢！"

许小纯刚把饭端给他妈，他妈就哭了。

那天刚巧周末，走在路上，我一路感慨。傍晚，我生平第一次下厨，给辛苦工作的爸妈做了一顿饭。

明明很难吃，他们却一直夸我，还把菜全都吃个精光。那一刻，我忽然明白了为什么许小纯的妈妈会哭。因为所有的父母都一样，他们想要的并不多。

许小纯的爸妈虽然没有复婚，没有在一起，但他们已经同意许小纯报美术特长班。他很开心，他跟我说了一句特别深刻的话："不完美才是人生里最好的完美。"

我一直觉得这句话是许小纯抄袭的，因为那年，我们才刚读高一。

许小纯生日那天，我给他送了亲手做的贺卡，上面我只写了一句话："希望我最好的朋友能像《小孩不哭》里的成才一样，找到属于自己的路。"

其实我一直都想感谢许小纯，因为他好像在无意中就给我上了成长里最宝贵的一课。

选自《语文报》2014 年第 3 期

突然觉得这是个很大的命题，离婚，孩子的兴趣等等，但是归根结底，还是爱的问题。每个孩子都是天使，父母就是天使的守护者。可是很多父母最后活生生把天使毁了，这让人心痛不已。

不完美

文 / 孙道荣

有多少美德和缺点是微不足道的。

——沃维纳格

偶尔看到一段视频，是国外一个普通人的葬礼。

追思会上，逝者的妻子上台讲话，她的神情显得肃穆，疲惫。她说："今天我不打算在这里赞美我的丈夫，我也不打算说他任何的优点，因为这些大家都已经说了很多，也听了很多。"

我不能确定这是哪个国家，但我想，在这样的场合，任何地方的人恐怕都一样，都会说说逝者的好处和优点，那些让人们感动的难以忘怀的往事。可是，这位妻子看来有别的话要说。

她接着说："今天我想和大家分享一些可能让大家感到比较不自在的事，你们都有碰到过早上启动汽车引擎不动的状况吗？"汽车发动不着？还真碰到过，特别是冬天，随着钥匙的转动，发动机发出"吭——哧——"的怪异声，就是点不了火，让人着急、生气，却又无可奈何。可是，这与逝者有什么关系？

她稍稍停顿了下，忽然嘴巴里发出"吭——哧——"的怪异声，没错，是她在模仿汽车点不着火时的那种声音。可是，在肃穆的追思会现场，这种怪异的声音，显得如此突兀，而又是从一个刚刚丧夫的妻子口中传出来，就更让人不可思议了。她说："他打呼的声音就像是这样。"原来她是在模仿丈夫打鼾的声音，台下传来吃吃的笑声，是那种忍俊不禁的笑。

她又模仿了两声，"吭——哧——！"声调更加激昂。这一次，下面的人都憋不住了，发出呵呵的笑声。很多男人的鼾声，就是枕边无休无止的噪声，看得出，大家都心领神会。

"不过，这只是前奏而已，紧接着，他还会继续制造出连绵不绝的排气管音效。"排气管音效，这个比喻真是太搞笑了，台下发出一阵阵哈哈的大笑声。

看到这儿，我也笑了，说实话，刚看视频时，我的心情还是有点凝重的，观看葬礼嘛，心情哪里会轻松。不过，看到这儿，我脸上差不多已经完全没有当初的凝重了。

逝者的妻子继续说："有时，也因为太大声，连他自己都从睡梦中惊醒，还问：'什么声音这么吵啊？'"

真是太有趣了，太逗了，台下的人，都笑得前仰后合。我想象着，一个男人，张着嘴，鼾声如雷的样子。枕边如果有个这样的"排气管"，一定苦不堪言，应该是没有一个夜晚能够宁静安谧的了吧？

可是，可是，这不是追思会吗？大家应该神色哀伤，哭哭啼啼，抽抽搭搭，泪流满面才对啊，怎么成了一场喜剧？

"感觉很好笑吧？"她面带笑容地问大家。

不少人已经笑得实在受不了了，捂着嘴巴。

她忽然话锋一转，"但是，在他病情恶化之后，这些声音却成为我一种安慰，时常提醒着我，他还活着。"说到这儿，她咬紧嘴唇，停顿了一会儿，声音哽咽着说："现在，我再也无法在睡前听到这些声音……"再次停顿，她仰起头，"人生就是这样，携手一生，记忆最深的却是这些点点滴滴不完美的小事情，由此来凝聚成我们心中的完美。"

台下的人，笑容都不见了，每个人都面色凝重，眼含热泪。

我的喉咙也一阵阵发干，鼻子发酸，泪水在我的眼眶中打转。

这个短短两分钟的视频，有一分半钟，我是在笑声中观看的。我没有想到，在最后那一刻，我会被深深地打动。

　　我复述这个视频，是想告诉我自己，也告诉我的亲人：人都是不完美的，无论是妻子，还是丈夫；无论是父母，还是孩子；无论是同事，还是朋友。我们每个人都会有这样那样的缺点、瑕疵、小毛病。有的缺点、瑕疵和小毛病，还会被我们有意无意地放大，以致变得不可忍受。可是，不要忘了，正是这些点点滴滴不完美的小事情，才凝聚成我们心中的完美。

　　只是别等到失去了，才想起珍惜。

选自《读者·校园版》2014 年第 13 期

> 　　是的，每个人都是不完美的，正是因为这些不完美，才使得我们的生命变得更加宽广。接纳这些不完美，就是接纳生命本身。

爱是"药石"

文 / 奇清

> 不被任何人爱，是巨大无比的痛苦；无法爱任何人，则生犹如死。
>
> ——格林贝克

"人间俯仰今古，海枯石烂情缘在"，这说的大约就是他们夫妇吧！古诗有言："分定金兰契，言通药石规。交贤方汲汲，友直每偲偲。"朋友似药石，而药石般的爱，更能让人感受到夫妻间的患难情深。

他高大英俊，且性格温和，含蓄沉着，遇事冷静。成年后，曾赢得国内外许多姑娘的青睐。他是一位出色的地质学家，因为钟情事业，将婚姻大事一拖再拖。直到三十四岁，才在别人的介绍下认识了她。

她是江苏无锡才女，天资聪颖，又勤奋好学，英语、法语、音乐皆学得非常好。中学毕业不久，她便随母来到北京，担任北京女子师范大学附属中学的英语教师。

1923 年 1 月 14 日，他和她在北京吉祥胡同踏上婚姻的红地毯，有情人终成眷属，这年她二十三岁。

"病叶常先霣"，"扶衰赖药石"。一个积贫积弱、病重病危的国家，则需要有人施以猛药奇石，他就是一心要为国家施药石去病衰的志士仁人。然而，顾了国家，却没有了精力照顾家庭。结婚之后，他认为有太多的工作要做，而且自己正当壮年，气旺力坚，可谓一寸光阴一寸金，每一分钟他都恨不得当作两分钟来用。

人家小夫妻俩休息日谁不是成双成对上公园、逛商店？他却成天埋头于科研项目中。妻子有意见了，她更是担心丈夫没日没夜地做实验，赶写科研论文，会累垮身子。

好不容易盼到了又一个星期天，她便约他一起到颐和园去散散心，放松放松。但他又是那句话："到了下个星期天一定陪你去。"说着，他拿起一篇要修改的文稿去单位了。

到了下个星期天，他依然食言，当深夜他匆匆赶回家，轻手轻脚走到床边时，见到的却是被子下一块长长的石头。

原来，妻子见他不是和从野外搬来的石头待在一起，就是把自己关在屋里写文稿，根本没把她的话当一回事。"医国妙药石"，她想，既然你只关心以药石来医国，那你就和石头一起过日子吧！这天晚饭后，见丈夫仍没回来，于是她便在床上放了一块石头，然后抱着只有一岁多的女儿回了娘家，她是要以石头这个药方来治一治他们家庭出现的"病患"。

被子里那块冷冰冰的石头倒是让他冷静下来：是啊，工作不可不做，家庭也要兼顾，身体更是不可忽视。从此，紧张工作之余，年少时学过小提琴的他也会拉几首好听的协奏曲给妻子听。

"革急而韦缓，只在揉化间。木桃终报汝，药石理予颜。"生活其实和拉琴一样，也要有急有缓，张弛有度，多一些柔情——这也是能护肤养颜调理经脉的"药石"啊！

如此"醒悟"换来的是妻子对他更加体贴入微。1944的6月，他率领的地质研究所为躲避日寇，匆忙离开桂林向西转移，天气炎热，道路险阻，环境险恶，缺粮缺水，他在路上患了痢疾，身体非常虚弱。

一路上，妻子想方设法尽可能不让他饿着、渴着。于年底一行人总算辗转流落到重庆，然而，到了重庆她也病倒了。身体刚刚好了一点的他除了工作，还担当起照顾妻子、买菜、做饭、洗衣等一干事情。

这时，地质研究所有好心人提议：由所里安排一个人帮助他们料理一下家务，以渡过眼下的这个难关，可他婉言谢绝了。当妻子埋怨他不该推辞时，他说："请人来照顾，很难贴心，还是我多吃点苦吧！"原来他这样做是怕委屈她啊！"人生无物比多情，江水不深山不重"，丈夫的深深情义使得她泪雨滂沱。

由于长期劳累过度，他再次病倒，心脏病发作。"尚惧精神衰，药石以自扶"，家里有两个病人，药石便成了每天必须要认真对待的大事情。为了避免因工作繁忙而误了吃药，夫妇俩采取了"他扶"之策，即他的药由妻子保管，妻子的药由他存放。这样，也就消除了服药不按时，甚或忘记了服药的情况。

"素弦——起秋风，写柔情，都在春葱"，爱与柔情能让人智慧无穷，能使人独树一帜。除了按时服药外，他们还独创了两种疗法：一是音乐疗法，他的小提琴拉得悠扬婉转，她的钢琴弹奏得也相当出色。

忙完家务后，妻子会静下心来，品享丈夫流水般的小提琴旋律；他也会忙里偷闲，听妻子清朗美丽的钢琴曲。每当此时，他们的病痛和烦恼仿佛随着充满着爱与柔情的旋律一起逝去。

二是钟情事业，他认为，去掉杂念也是一种相当不错的精神疗法。如不需要上医院治病时，他便会拄着拐杖，带着罗盘外出散步，遇上值得测量、研究的裂隙和地层露头，他就蹲下去聚精会神地察看、分析。此时，病痛也仿佛悄然遁去，独特的"药石"使得他们病情很快有了好转。

即便在这种情况下，他们也依然要对那些阻挠人类脚步的"病入膏肓"的人施以"药石"。1945年，第15届国际地质学会在伦敦举行。为参加这次学术盛会，身体不好的他决定偕妻子一道前去。4月初，他们到了伦敦，不曾让他们料到的是这一去就是四年。

1949年，中华人民共和国成立，远在英国的他们听到这一消息后，激动得彻夜难眠，决定回国参加新中国建设。他们夫妇克服台湾当局的百般阻挠，历经千辛万苦总算回到祖国。

　　新中国百废待兴，有做不完的事，他总带病工作。1966年，河北邢台地区发生强烈地震，正在病中的他却有个心愿：到灾区看看，同时进行地震预报方面的研究工作。是的，他要给地震这个病魔施以"药石"。

　　妻子不安地说："你的病这么重，去了恐怕回不来。"他说："我理解你的心情，但相信你也能理解我。你过去不是经常讲要全力支持我的事业吗？"她怎么能不支持？钟情事业是丈夫一直以来为他自己治病的"药石"啊！

　　他赴灾区考察临行时，妻子为他准备了一暖壶面条，他说："知我者，爱妻也！你一辈子都这样关心我、爱护我，我这一辈子无以为报，只能下一辈子仍娶你为妻，还你永远也还不完的债。"

　　是的，他就是李四光，她是许淑彬。

　　李四光在生命最后的时刻，只想着两件事，一件是地震预报未能攻克，一件是妻子的身体被自己拖垮了，不知是否真的有下辈子去偿还她那让"江水不深山不重"的情义。1971年4月29日，李四光与世长辞，享年八十二岁。他是她的药石，他去了她的病也一天天加重，1973年她追随他而去。

　　一个人把事业当"药石"，则担心下药不准确，不够分量，在全力以赴中累坏了身子。相爱的人在相濡以沫中身子骨也会虚弱，两个人由此相互成了对方的"药石"，如此相爱的"药石"，让一份患难深情永驻人间。

选自《保健医苑》2014年第7期

　　　　恐怕今生只有一个人可以解救我们自己的爱情，所以不求来世，只求今生好好爱一场。

低头的温柔最可贵

文 / 季锦

我能想到最浪漫的事，就是和你一起慢慢变老。

——李正帆《最浪漫的事》

他和她高中就相恋了，后来因为考上了不同的大学，两个人就开始了异地恋。距离并没有让爱情变淡，虽不能朝朝暮暮卿卿我我，但他们也有着自己独特的恋爱方式。每晚至少半个小时的视频聊天，每周必须的一封通信，一样让他们体会着爱情的甜美与珍贵。

后来好不容易熬到两个人都大学毕了业，她开心不已，以为终于可以与男友朝朝暮暮了。可就在此时，他却告诉她他想去当兵，他说这是他从小的梦想，如果不去实现，他会抱憾终生。尽管她很不愿也很不舍，最终却还是尊重了他的选择。

在他当兵期间，她去了北京发展。他复员回来时，她已经在北京站住了脚，有了一份自己喜欢的工作和不菲的收入。于是，她就要求他也来北京发展。能回到女友身边，一直是他梦寐已求的愿望，于是，他满怀热情地去了北京。

然而，几个月下来，他并没有找到一份适合自己的工作。前途的渺茫让他动摇了留在北京的打算，正好此时老家的一位朋友希望他回去，两人合伙做生意，他便动了心。

可当他试图说服她与自己一同回老家发展时，她却不假思索地拒绝了，她说她在北京辛辛苦苦打拼了三年，好不容易才稳定了下来，所以她不愿意放弃这来之不易的一切。他们都坚持自己的立场，谁也不肯做出让步，可如若分手，又谁都舍不下这段坚持了 6 年的恋情。

无奈之下，他们找到了天津卫视的《爱情保卫战》节目，希望能通过这个节目来说服对方做出让步。节目组的评论员对他们的矛盾和分歧进行了详细的分析和开导。

评论老师告诉他们，爱情需要彼此妥协，倘若一方只是一味地按自己的意愿去要求对方做出牺牲，那显然是自私和不公的，所以希望他们都能为这份来之不易的爱情互相妥协一下，也只有这样，他们的爱情才能得以维系。

老师们的一番话让他们豁然开朗，也终于都肯心甘情愿地为对方做出让步。她说，如果他坚持要回老家，那么她愿意为他放弃现在拥有的一切，跟他一起回去，一切从零开始；他也说，如果她执意要留在北京，他也会放弃回老家的打算，陪她一起在北京打拼创业。

这样的结局可谓皆大欢喜。是啊，爱情有时是需要彼此妥协的，就像一句话所说的那样：夫妻间最可贵的是那一低头的温柔，情侣间亦是如此。如果能够让爱情继续，妥协一下又如何？

选自《考试报》2012 年第 11 期

有时候主动妥协，并不是因为错了，而是因为更在乎彼此的感情，更在乎对方，更在乎在一起的结局。

青春也有难以启齿的秘密

文 / 告白

初恋总是很羞怯的。

——拜伦

1

十六岁的春日，班上开展了一次有趣的活动。为了让全班男女同学能够和睦相处，老师特设了下周一为女生节。要全班的男生为女生做一件好事，并且赠送一件有意义的小礼品。

我选了她——叶小花，一个在此时几乎被全班男同学遗忘的农村女孩。靠窗的角落里，她安静地低着头。当台上的我大声叫出她的名字的时候，她被猛然地吓了一跳。全班男同学遂开始前后起哄，大笑。

在那样的笑声里，我与她一同陷入了年少的尴尬。

我与她不同，我选择她，完全是出于仁慈，甚至是一种对弱者的可怜。虽然我知道这个词对于叶小花来说是那么残忍，可我想不出还有其他理由。她接受我，估计也是无可奈何的抉择，因为大家都知道，除了我之外，不会再有第二个男生选她。

每一堂课她都听得非常认真，尤其是外语。而我痛恨所有的科目，我和年级中甚至是全校不爱学习的坏学生都认识。我们一起上通宵网、抽烟，偶尔用拳头对着别人的鼻子出气；背书包去果园里偷果子，大口大口地吃完果子，把剩下的残核放在上课起立时前排同学的板凳上……

几乎所有的坏事我都做过。我讨厌外语，以至于每次考外语的时候，听力题还没有放，我就已经把所有的选择题做好，只等着交卷时间的到来。

班上有一个规矩，每次期中期末考试过后都要进行一次排位大整理。全班同学走出教室，按照考试成绩的先后一一入场，挑选自己想坐的位置。

我记得很清楚，那次叶小花的成绩排名第一。她在所有惊羡的眼神中，缓慢地迈进了空荡荡的教室，朝着那个靠墙的暗黑角落走去。坐定的那一刻，我不知道怎的，感觉胸膛被什么东西压了一下，呼吸变得很沉重。

她用略带惊慌的回答制止了老师的劝说：我比其他同学都高，我坐后面也能看见，坐前面可能还挡到某些同学了。

十五岁的清晨，一个极端讨厌外语的坏男孩，闻到了善良的味道。

2

我选了叶小花作为女生节帮衬对象的消息还是传了出去，在整个学校的坏学生联盟里传得沸沸扬扬。在厕所里抽烟的时候，雷明和一帮高我一年级的坏同学过来问我，是不是看上了叶小花？我说，你放屁！我就算看上一头母猪也不会看上叶小花。

所有的人都知道我很少发火，一看我那样子，就都没话说了。最后，雷明撂下一句话走了。他说，叶小花就是一村姑，要胸没胸，要屁股没屁股，以后是要回家去种田喂猪的。

我的心里忽然有些难受。我知道，我和叶小花是没有任何关系的，可我为什么会难受呢？她回去就回去啊，种田也好，喂猪也好，我为什么要难受呢？

清早，老师在上面讲课，我歪斜着睡觉。睁开眼睛，正是对着叶小花的位置。她捏紧着笔在那儿沙沙地书写着，我的心猛然地有些酸楚起来，因为这时我才看到，她瘦弱的手背上长了几个大大的冻疮。时不时的，她用手搓搓它们。

路过雷明家的服装店，一双粉红色的、嵌有一朵小花的手套吸引了我，它们安静地陈列在柜台里。我硬是花9块钱把这双标价为32块钱的手套拿走了。雷明在身后一个劲地骂我，说那手套我一定是送给村姑叶小花的，我还是没回头。但在跨上自行车的时候我大声喊了一句，我就是送给那村姑的，这手套是买给她跟我一起种田用的。

雷明在后面没声了，我迎着急速的风，大声地笑。

3

叶小花戴手套的时候不敢看我，因为只要她一戴上那手套，班里最后一排的男同学就会大声叫嚷。我懒得去管他们，我才没时间理会这些凡夫俗子呢。况且我也不知道，为何我送了她那双手套之后，她每次见我都要远远地躲起来。实在没法躲了，就脸红着急急跑开。

我开始以为是我太过敏感了，但时间一长，大家都习惯了。或许，是淡忘了这件事。

她从那时会主动地给我送一些英语笔记，让我好好看。我接过，可我从来不会去翻阅那些东西，天知道，我是有多么讨厌英语。

高考终于结束了，多年的读书生涯，包括那些我做坏孩子的经历，终于可以告一段落了。

和一帮朋友正准备大醉的时候，叶小花忽然出现在了酒桌上。褪去陈旧的布衣，一袭不同于往常的打扮，忽然那么明艳动人。十七岁的年华，终是如一束阳光般穿透了我的瞳孔。

在场所有的人都保持着与我一样的惊讶，对于叶小花突然间的变化。

她对我说，谢谢你当初送我的手套，很暖和。我没说话，笑笑。

接着，她又调侃地问我，你知道手套的英文怎么写吗？

她明知道我讨厌英文，还故意问我这样的问题。我当时就回答她，所有的英文里面，我就知道写 I love you，因为追女孩子要用。其他的，我一概不知。

大抵，这就是我与叶小花的最后谈话了。

4

后来，我靠父母的关系进了一家电力公司做销售。没几个月，实在适应不了居人身下的感觉，便辞职和朋友合伙开了一家广告公司。忙碌的社会生活让我开始逐渐淡忘学生时代的一切，包括那个村姑，叶小花。

有的时候想想，真的可笑。当初还说别人村姑，以后注定了回家种田喂猪。现在人家身在名牌大学，前途一片光明，怎么可能回家种田呢？

记不清是几年以后，我接到了一个关于服装和手套的宣传策划。因为时代的问题，传媒这一块都必须接触到英语，所以我不得不打开电脑查询起服装和手套的英文拼写。

Glove——手套。当这个简短的英文出现在电脑屏幕上时，我忽然懂了一些什么。那个将英语笔记不断给我看的女孩，那个遇见我就急急躲开的女孩，曾怀揣了怎样的一份热情——关于那双遥远的手套。当时，英文那么好的她一定知道，那手套的含义是什么。

Give love……给爱……我一遍遍地用英文轻读着，忽然想起那个骑着自行车的午后大声说的要用那手套和她一起种田的话；想起那日在讲台上大声叫着她的名字；想起那日她在最后的时刻褪去少女所有的矜持，问我手套的含义。凝思中，一种领悟突然带着某种遗憾从脑海中闪过，我是不是要弥补些什么？

我开始极力打听叶小花的消息。终于，通过其他同学得知她现在已经结婚，我按照朋友给的地址找了过去。最后，在她家门前的一个餐馆见到了她。

她叫出了我的名字，我微笑着点点头，忽然无语。挽着她身旁高大的男人，对于我的突然出现，她并没有半点的反常。

只是，她开玩笑似的告诉我一句，一定要把英文学好哦。

回到家中，再看着那串被我反复抄过的英语单词，我猛然地痛哭起来。那些难以言明的疼痛，连带着青春里的悔憾，一并沉重地流淌着。

连夜，我将手套广告的策划案交到了客户手里，客户代表一致通过。

天刚蒙蒙亮的春日里，整个城市的户外站牌，楼塔，都被一张同样的手套广告覆盖了。广告语是简单的一句话。手套——Glove——Give love——给你我的爱，温暖新时代。

选自《语文周报》2013 年第 51 期

在那个情窦初开的年代，太多的爱情终会以遗憾的结局收场，因为我不知道，当我爱着她的时候，她也爱着我……

天鹅飞过孔雀河

文 / 舞若夕

> 锦城虽乐，不如回故乡；乐园虽好，非久留之地。归去来兮。
>
> ——华罗庚

它的名字是眺望

晚上七八点的时候，姥姥总是要提着小布袋，去金三角走一圈，有时我会同她一起去转转，听她用带着浓重四川口音的普通话跟我说："现在的羊肉越来越贵，都65了啊！"

姥姥说的是公斤。我在新疆长大，算公斤早就成了习惯，乃至于就算已经在外省生活多年，听到斤的说法还是会略微皱眉，一定要换算成公斤之后才能反应过来。

但更多的时候姥姥会一个人出去，窗边落日余晖斜斜地照进来，能看到空中飘浮的细小尘埃。上大学后，少数的归家日子，我都会站在窗边，看姥姥瘦小的身影越来越远，然后微微叹口气：她老了，背也渐渐驼得厉害。

不知怎的，总感觉像是换了身份，少时来姥姥家玩儿，妈妈给我扎一头的辫子，蹦蹦跳跳地过来。姥姥总是会在窗边看着，提前把门打开，给我摆一双小拖鞋在门口。姥姥向来手巧，拖鞋都是她自己做的，专门给我做的那些粉色的拖鞋，大大小小很多双，都齐齐地摆放在鞋柜里，仿佛在等我长大。那时姥姥在窗边喊我："幺儿！"我抬头，看到她笑容满满。

新疆天长，即使是冬天，晚上七八点也是一片亮堂，夏天的时候更是夜里十点才会完全天黑。姥姥出去的时间不长，不到一小时就会回来，小布袋去的时候是空的，回来时也不会装太多东西，偶尔买东西，也都是给我买的零食。

我看着她越来越近，忍不住喊了声："姥姥！"她在楼下听到，抬头对我笑："幺儿，我回来了。"

看到她的笑容，我的心便安定下来，突然想起这座城市的名字：库尔勒，在维语里，库尔勒是眺望的意思。

"眺望"一词，终归和等待、向往相连，多少人在窗前，等归家的人，盼想念的人，向往着走出这里之后的时光。多少人如愿以偿，多少人心知是妄想，无从知晓。

这里从来没有孔雀，只有天鹅

库尔勒市并不大，一条孔雀河贯穿全城，直到今天我仍然不知道这条河为什么要叫孔雀河，因为自小我在河边走，就没有看到过孔雀，倒是每年都会有不少天鹅。

说也奇怪，以前一般是三月底才飞来，这些年似乎越来越早，2013年过年晚，二月下旬时，走过孔雀河都能看到一大群的天鹅和野鸭，在已经开始化冰的河面上兴奋地游着。

那时我也有一年没回来，便也停下来看，学其他人模样拿手机拍起照，每天定时定点会有人给它们喂吃的，分明是野生的动物，此时竟被培养出了家养的习性，听到哨声，便成群结队地往喂食的地方去了，旁边有小孩子问："爸爸，天鹅也喜欢吃馕吗？"我听到这样的回答："是啊，入乡随俗嘛。"

是了，在这里，馕是必不可少的东西。小时候我的早餐基本都是奶茶泡馕，库尔勒的老市政府还没搬之前，附近有一家馕坑，卖馕的维吾尔族大叔一脸络腮胡，不爱说话也不爱笑，但他卖的馕，很多年都没涨过价。

小时候妈妈牵着我的手走过孔雀河，指着天鹅对我说："它们啊，这一辈子只认定一只天鹅，一旦成为夫妻，便永远守护另一半。即使雌天鹅死了，雄天鹅也不会再和别的天鹅在一起。"

那时我年龄尚小，不懂什么叫一生一世一双人。只是在后来，谈起懵懂的初恋，和他一起走在三月的孔雀河边，我学着文艺少女，和他说我所知道的关于天鹅的一切。他听到这里，轻轻握住了我的手，对我说："我们也会的。"

当然没有。

年少的诺言是当不得真的，但当时心里的悸动也绝非虚假。牵手的那天夜里我回到家，被他握过的手良久都隐隐发烫，我想着他的笑，然后一直脸红到天亮。

现在回想起来，他的容貌竟然已经不再清晰，印象最深的，是那天我靠近孔雀河边，蹲下身想更靠近某只天鹅时，它却嗖地一下飞远了。

像我彼时自以为的爱情，像我远去的年华，像我童年的天天天蓝。

当年我们一心想要离开，现在却怎么都想回去

大学，我离开新疆，到了武汉。武汉到乌鲁木齐，3700 公里，火车 40 多小时，飞机四个半小时。在乌鲁木齐转古老的绿皮火车，12 个小时之后，终于能够抵达库尔勒。

我不知道是不是所有新疆的汉族孩子都和我一样，祖辈是从全国各地响应"援疆"的号召来到这里的，不少人都在生产建设兵团里，扎根发展任劳任怨。然后弹指 50 年，荒漠真的变了良田，在城市的街头巷尾，随处可见宣传标语："只有荒凉的沙漠，没有荒凉的人生！"

在我们长大的过程中，总是会听到一个词：内地。是的，和港台那边的人一样，我们把大陆除了新疆以外的地方叫作内地。

高考报志愿时，全班80%的都填了疆外的学校。"能去内地上大学，干吗留新疆啊？"我的同桌这样对我说，我点头如捣蒜。

那时，我们总以为外面的世界更精彩，那个被我们称为"内地"的地方，文明、先进、发达……总之，美好得像人间天堂。我们那样年轻，一心想去外面的世界看看。

我们高估了"内地人"对新疆的了解，他们不知道在新疆普及的是普通话，汉族很多，说普通话的少数民族也很多。大一刚到武汉时，还有人问我："你们是不是真的骑马上学啊？"

真的去了之后，所有人都不同程度地失望了。

很难解释这种失望，却并不难理解。就像你离开一个人，想起来的基本都是他的好，戒不掉的都是和他在一起时养成的习惯，如果身边出现别人，你总是会不自觉地去对比。离开一座城则更甚，在武汉的每个白天，我都会想念库尔勒的蓝天白云，在武汉那些个看不到星星的夜晚，我就会回忆以前上晚自习时夜空中的繁星点点。

其实我最怀念的不是孔雀河吹来的微风；不是大盘鸡、拉条子、烤羊肉串；甚至不是那最正宗的库尔勒香梨……我最怀念的是库尔勒的干净。

武汉的街多数很脏，后来我辗转去过很多城市，西安、郑州，甚至广州、北京……都一样，我再也没有见过一个城市能像库尔勒那般干净，哪怕是专门摆摊卖菜的小巷，也干净得出奇。

应该算是铁血政策的功劳？早在1997年的库尔勒，你随手丢垃圾，就会有戴着红袖标的人出现，罚你十块钱。一个冰棍1毛钱的1997年，被罚十块钱，是一笔不小的损失。只罚了那一次后，在任何一座城市，妈妈都没敢乱丢过垃圾了。

最盼归家，却也最怕归家

2012年，武汉玫瑰音乐节，听说许巍会参加，我和男朋友一起早早赶去沌口体育馆，等到夜里九点多，许巍终于出现，一口气唱了十首歌。我在下面热泪盈眶，却还是有些失望，因为我最终没有听到他唱那首歌。

《家》，我爱这首歌，也恨这首歌。只因那一句歌词："如今我对自己故乡，像来往匆匆的过客。"对我这种大学时一年回来两次，工作后一年回来一次都奢侈的人来说，这句话有多真实，就有多残酷。

如果坐火车回家，过了嘉峪关，就觉得离家近了，进疆之后，经过最大的风力发电站，经过吐鲁番、哈密以及所有我耳熟能详的城市，再坐火车或者汽车，我就能到达库尔勒。每年似乎都在盼着那几天，可真正要回去的时候……却又怕得厉害。

因为每一次回去，库尔勒都变了很多，这些年，新挖了两条河，准备搞三河贯通，甚至已经有了游船。我的家乡一心一意地建设山水梨城，我却对它越来越陌生，除了人民广场小康城金三角，我所熟悉的地方似乎都在渐渐离我远去，或者说，我渐渐离它们远去了。

忘了说，那个跟我说要去内地上大学的同桌，因为填报志愿被撞，最后留在了新疆的一所大学，在玫瑰音乐节的那天，我又热又困，等的无聊，便给她打长途电话。我说今天等许巍，白天的高温像是要把我烤熟。她的声音越过几千公里，翻山越岭跋山涉水而来："这里更热啊！不管怎么我还是觉得你们能出去，多好啊！"

直到这时我才明白，原来围城，无处不在。

它再也不是我的城

我曾经以为库尔勒是属于我的城市，即使我去了远方，即使我每次都来去匆匆，它也会永远属于我。

直到 2013 年 9 月，我到达郑州，有认识多年的网友请我吃饭，可我没想到，他带我去的地方，竟是一家"老狼大盘鸡"。席间我没怎么说话，他问我是不是味道不正宗，我摇摇头："不是。"

在那家店的墙上有很大的字，写得分明："老狼大盘鸡是来自于新疆库尔勒的大盘鸡品牌……"味道其实真的差不了太多，可我嘴里的土豆，竟那般难以下咽。

夜里，姥姥跟我说："幺儿啊，西瓜又涨价了，现在六毛钱一公斤哦！"

我没有告诉她，六毛钱一公斤而且又甜又大的西瓜，在所有我知道的地方里，只有新疆有。在武汉在西安在各个城市都能见到的打着"库尔勒香梨"牌子的香梨，没有一个，味道能比得上我年幼时上树去摘的。

可这座城，再也不属于我。

选自《快乐阅读》2014 年第 16 期

小时候，一直认为家乡是用来远离的，只有远离了家乡才能看清她的美；长大后，真的看清了她的美；再后来，由日日的期盼到渐渐地害怕回去，家乡变得越来越陌生。我害怕回去多了，心中那份原始的美会渐渐被越来越多的变化给湮没了。

如果爱意可以快递

你是那么耀眼的明星，成绩好，长得也好，是老师宠爱、同学爱戴的好班长，每次你一上篮球场打球时，所有女生都会用欣赏和爱慕的目光盯着你。你个头不是很高，但敏捷的身手，准确的三分投篮还是博得阵阵掌声。我一直都只是远远地观望，在成为你的同桌之前，我们也没讲过几句话，对吗？

先有兄，后有妹

文 / 念初

真实的、十分理智的友谊是人生最美好的无价之宝。

——高尔基

一

他比我大3岁，小时候因为家庭情况，我们分开了，他在爷爷奶奶家长大，而我在出门做生意的父母身边长大，在他6岁读书的时候，我和爸爸妈妈从外地回来了。

他就是我的哥哥，我和他的故事也就开始了。

在我6岁，他9岁的时候，我们虽然相处了三年，可是依然不能如邻居家的兄妹一样其乐融融。我们很客气，但大多数的时候不爱待在一起。我总是看见他对叔叔家的妹妹百般呵护，分好吃的给她，背着她玩，让她一遍又一遍地叫他哥哥，却唯独不会对我这样。我想他喜欢妹妹，只是不喜欢我这个亲妹妹而已。

有一次，我听见他对叔叔和爸爸妈妈说，可不可以把我和叔叔家的妹妹互换一下。所以，我清楚地知道，我的亲哥哥不喜欢我。

那一天是星期五，刚刚放学时他告诉我，想踢足球，差一个守门员，问我要不要当守门员？来到这个陌生的地方，我很内向，所以在班上没有什么玩伴。看着哥哥身边的几个小伙伴，我鬼使神差地点了头。

他对我说，没事儿，不会玩儿也没事，守门员只要看着球，不要让球进球门就可以了。我很听话，在他们踢得火热朝天的时候，专注地盯着球，生怕它会消失。当它靠近我的方向，又很激动很紧张，就像上课被老师点名回答问题一样。

可是，足球并没有因为我的紧张而对我格外开恩。它向我飞速前进，带着力量和速度。我脑子一片空白，只记得他说，我当守门员，主要看着球，不让球进就可以了。当时的我，站在宽大的球门前，显得格外渺小。却不知哪儿来的勇气，竟然用单薄的身体去挡住那颗带着泥沙飞来的足球。

也就是这一刻，比赛结束了，我们赢了。

可是，我的手却骨折了，他回家被妈妈狠狠地收拾了一顿。再三叮嘱他，不要带我玩男孩子的危险游戏。从这次以后，他再也没有提过换妹妹，但是也不愿再带我一起玩。

二

在我9岁，他12岁的时候，我们没有那么生疏了。我有做不来的题，总是捧着作业闯进他的房间大呼小叫，让他教我。他总是骂我笨，一边骂我是豆腐脑，一边不厌其烦地教我。生怕我连阿拉伯数字都不认识，把答案和计算方式在纸上写得极为仔细。

那时候我们也像我的成绩一样，时好时坏。爸妈总是因为一些大事小事不停争吵，我看见爸妈吵架，总是默默地回房间，锁好房门，不停地掉眼泪。我有试过劝架，但他们总说，大人的事，小孩别管。

但哥哥不一样，他总对在争吵中的爸妈，火上浇油："没事儿，你们吵，吵得不过瘾，可以用砖头和菜刀来比个高下。你们吵离婚了最好，我和妹子正好可以拿两份钱。"我想不通为什么父母听到这样的话，就保持沉默，或者哭笑不得。我只知道，只要哥哥在，爸爸妈妈吵架我就没有那么害怕了，因为他总有古灵精怪的办法，让看似水火不相容的他们，在顷刻间冰释前嫌。

记得有一次，他们吵得特别凶，我躲在家门口不敢进去，他回来看了看，就说，我们去奶奶家，我跟着他去了那个离家有半小时车程的地方。一路跟着他，我们都没有说话。直到我感觉好累好累，腿部僵掉，除了走路没有其他反应，他才转过身，背对我，弯下腰说，烦死了，就知道你是个拖油瓶，上来，我背你！

看了看面前这个比我高一个头的哥哥，我爬上了他的背。我记得这是他第一次背我，我感觉，其实哥哥也没有那么糟糕。

到奶奶家的时候，已经天黑了。爸妈也因为在奶奶那儿找到离家出走的我们，明白了点什么。

从那时开始，哥哥似乎用这个方法彻底化解了争吵。我就知道哥哥很聪明，对付爸妈的坏情绪最有一套。

三

在我 12 岁，他 15 岁的时候，我们家庭环境好了许多。爸妈有了很好的相处模式，没有了争吵。我和他也会偶尔开下玩笑，说说看见的趣事，逗爸妈开心。我因为家里的原因，渐渐熟悉这个城市，开始变得开朗乐观。

他也喜欢带我去朋友家玩，对别人说，这是我妹妹。他的朋友，有夸我漂亮的，有夸我乖巧的，他总是厚着脸皮说，也不看看他哥哥是谁。我总调侃他说，脸皮是铁做的，厚得快坚不可摧了。

那个时期的我，会趁他不在，偷偷溜进他的房间，翻翻他的书，看看他的小玩意儿。当然，也会偷看一下小女生给他写的信。里面的开头总是三个字，见信佳。

我一直以为这是一个女生的名字，和很多杂志上出现的一个名叫"佚名"的神秘作者一样，太让人好奇。

直到有一天，我才鼓足勇气问他，哥，见信佳是谁呀？漂不漂亮？

他睁大眼睛看着我，忽然狂笑不止。片刻后，他气喘吁吁地说，笨蛋呀你，见信佳是一个礼貌用语，就是说，希望打开信的你，安好无恙。

我听了以后，从此，不提信这个字。总是怕他想起来，又拿来嘲笑我一番。

四

在我 15 岁，他 18 岁的时候，我很不喜欢待在家和爸妈聊天了。因为他们总是有说不完的叮嘱，训不完的话，总说我这样不好，那样不对。总在告诉我，好孩子应该要怎样怎样，所以越来越讨厌他们的唠叨。只要放学一到家，就在房间窝着看书，听音乐，或者发呆，除了必须出房间门。

妈妈总说，你这样待在房间里不怕闷出病来？在这个时候他会反驳妈妈笑着说，你们这些人真奇怪，她出去玩，你们说她不像女孩子，她好好待在家里，你们又说她会闷出病。你要人家怎么办？

然后，爸妈就再也没有过问我要不要出来了。

记得有一次，我待在房间里看电影，由于看得太开心，太专注，没有注意到爸妈叫我，爸妈就来用力敲门。把门打开，妈妈气冲冲地进来，一迈进来就在那里数落，你的房间那么乱，一点也不像女孩子的房间，这样的房间也只有你愿意待着不出来。

我听着听着便生气地冲了出去，刚把自家大门打开，他刚好回家。看我满脸泪水，怒气横生的样子，一把就拉着我往回拽，我死命地边甩边前进，我吼道，放开我，我受够了，我不想待了，我要出去！一副大义凛然慷慨赴死的样子，颇有壮士一去不复返的豪气。

后来……你猜怎么样？

他死拉硬拽地把我拉回沙发，用皮带绑着我，还随手拿了一样东西塞在我嘴里。

"报告！罪犯已经带到，恳求首长发落！顺利完成任务，要杀要剐由首长指定！"

我当时才知道，什么叫哭笑不得。就这样，我离家出走失败了，大举的抗议旗帜也倒下了。

我气得三天没理他，没和他说过一句话。想知道为什么吗？因为他塞进我嘴里的东西，是一双没洗的臭袜子。

也因为我抱着这份对他的怨气，一边控诉一边委屈地掉泪，爸妈理解了，我的体罚也免了。

五

在我18岁，他21岁的时候，我依然在读书，而他已经开始工作。开始穿西装，打领带，穿黑亮又庄重的皮鞋。没有像以前那样，在镜子前端详自己，夸自己帅，穿得花花绿绿；也很少会拉着我讲一些爸妈不知道的小秘密。也不会再让我掩护他，私自偷溜家门，跑去网吧，天昏地暗地玩；更不会一边聊天一边等我自习回家，我以为我们又回到以前那样。

每次回家都很少看见他，即使看见，他也是轻描淡写地说一句，妹子，好好读书，就匆匆离开。

很多个晚上，他都很晚回家，偶尔忘带钥匙，打个电话让我开门，说一句快睡吧，很晚了。就这样，我们进了两个相同的门，却是不同的世界。他在他的房间里，我在我的房间里，似乎又回到了老样子，没有太多语言。

有一天，下晚自习，结伴而行的朋友在红绿灯前分道而行。我像往常一样闷着头，大步流星往家赶。抬头，忽然看见前面不远处隔壁班的男生被三四个小流氓围住了，而他旁边满脸惊惶的她，正是我的同桌。

我跑向前，着急地问她，你们怎么了？她哭着说，他们要打架，怎么办？

我估计是脑袋进水了吧，体重不过85斤的我，竟然在一群红头绿发的小流氓面前嚷嚷得跟唱《青藏高原》一样。

当我冲到小男生面前，正准备大干一场的时候，他忽然出现了，如从天而降，也不知道从什么地方冒出来，扯着嗓子大声吼道："你们在干吗？

你们想对我妹妹干吗？不想活了吗？"

我被他那么大的吼声吓到了，他的狮吼功，引得周围一片狗吠，就连背后小区的声控灯都亮了。那是我第一次见他这样生气，他推开那几个男生，把我从人堆里揪出来护在身后，那些比他还高一个头的男生，瞬间没了气势。我躲在他的身后，突然有种恍若隔世的感动。

接着，爸妈从车上跳了下来，然后，他们一溜烟儿跑了。

接下来的几个晚自习，爸妈都接送我回家，他也在。

六

我 21 岁，他 24 岁的时候，由于工作原因，他离开了家，去了很远的昆明。我们很少联系，偶尔会在节日的时候发一条祝福的短信。他和爸妈的关系疏离了一些。因为从小到大，他从不听从爸妈的安排。不愿意应征当兵，不愿意朝九晚五地做个打工族，他想做他喜欢的事，他相信他和别人不一样。

爸妈不支持，因为我们家都是本本分分的农民，我懂他，也相信他。虽然我不能为他做什么，但我知道只有我守着家，帮着爸妈，就是对他最大的支持。

有一次，他回家，爸爸很生气，说他是白眼狼，离父母那么远，做的都是不安稳的事情。他很难过，更多的是生气，他和爸爸吵架了，很严重。

在我印象里，他乐观，厚脸皮，对爸妈一再地耐心，可是这一次没有。爸爸打了他一巴掌，他摔坏了他的手机，踢坏了家里的凳子，像个暴躁的小野兽，冲出家门，狂奔在茫茫的寒夜里。

我穿着单薄的衣服，跟着他狂奔，我知道他在哭，因为在他 12 岁，我 9 岁那年，那个因爸妈吵架而我们离家出走的傍晚，我见过他同样的背影，当年默默跟在他身后的我，既没有问他为什么哭，也没有问他前方的路还有多远。正如很多年后的此刻，笨拙的我，依旧不知道该如何才能化解他内心的悲伤。我只能像小时候一样，默默地跟着他，陪着他，让他可以在偶然疲惫的回头间，瞥见始终跟随在他身后的妹妹。

刺骨的寒风中，他的奔跑的速度越来越慢，直到气喘吁吁地弯着腰，站在大马路中央回过头看到同样狼狈不堪的我。

他忽然暴跳如雷地跟我说："你跟着我干吗？烦不烦？"

我同他一样喘着气想把呼吸抚平到正常频率："哥，我们回家吧，我们都穿得好少，有点冷呢，等下次穿得多一些再跑出来，好不好？"

他这才注意到我单薄的衣服和迎面扑来的寒气，语气也稍微温和些："要回你自己回吧，我不想回去。"

他非常沮丧地盘腿坐在大马路上，我陪着他坐下来，絮絮叨叨地说："哥，你真傻，小时候你告诉我的真理你都忘了吗？跟大人吵架，吵赢了要被打，吵输了要被骂，所以一定要聪明。我看你这次，就不太聪明啦。"

他没有说话，无聊地看着我们在路灯下的影子，我也静静地看着。

那一夜，在记忆里我们的影子被拉得好长好长，他的影子总是比我的长，我阴阳怪气地说："哥，你也没有比我高多少，怎么你的影子在黑暗的灯光里就显得比我长很多？"

"废话，因为我坐在你前面一些，你在我的后面啊！不知道你这智商是怎么当我妹妹的"

我小声嘟囔着："能怎么当？老妈先生下的你，后生下的我。"

选自《语文报》2015 年第 66 期

兄妹之情是我们来到这世上收获的第一份友谊，在成长的岁月里，这份友谊因误解而摩擦，因摩擦而彼此了解，因了解而深厚，因深厚而真挚，因真挚而美丽。

爱在课堂上睡觉的姑娘

文 / 宋敏

所谓良缘是两情相悦，如有金玉为伴，才算得上是锦上添花。

——刘同

一

武大郎这个绰号，是李小满给王灿灿取的。王灿灿虽然不是什么人见人爱的大帅哥，但起码也还算过得去，因此，王灿灿对这个略带人身攻击的绰号表示严重抗议。

李小满解释说，是因为王灿灿跳舞跳得好，所以才给取了这个绰号，但王灿灿还是没想明白。李小满接着解释说，这就叫顾名思义，听过甩饼没有？见过甩饼没有？为什么叫甩饼？不就是因为这饼是用手甩出来的么？

王灿灿彻底昏了，扯着李小满的挎包说，姐，那炊饼呢？是不是用吹风机吹出来的？

李小满的回答，让王灿灿当场吐血，哥，我怎么知道炊饼是不是吹出来的，你得问问自己吧？武大郎可天生就是个卖炊饼的好手！

李小满的人气绝对不是盖的，不到半月，周围的人就全都改口叫王灿灿为武大郎了。王灿灿因为此事对李小满怀恨在心，决定不再给她使用那份精心炮制的奶茶小抄了。

期末考试如期而至。李小满和王灿灿的学号连在一起，因此，座位也是一前一后。

没有丝毫准备的李小满急得差点发疯，抓着刚走进教室的王灿灿就准备动刑，死小子，你搞什么？干嘛关机？小抄呢？小抄呢？

王灿灿吸口奶茶，语重心长地仰天长啸，这位同学，请不要逼我做那些弄虚作假之事，本人生平最恨鸡鸣狗盗之辈。况且，学习这个东西，是要脚踏实地才行滴，一步一个脚印，一步一个台阶，这才有可能到达知识的高峰，明白吗？

李小满刚想动手，监考老师就杀进考场了。李小满只能咬牙切齿眼睁睁地看着王灿灿趾高气扬大摇大摆地走过去。

李小满知道王灿灿这个半瓶油绝对不可能不准备小抄，只是，这次他的小抄放在哪里呢？李小满知道，这一次明摆着力夺不了，只能智取。

仔细观察半天，才发现王灿灿这家伙把答案全都缩印在了奶茶杯子上。怪不得他老假装沉思状，紧盯着奶茶看。

就在前后两位监考老师转身交替的一瞬间，李小满起身拿走了王灿灿的那瓶奶茶，王灿灿气得差点吐血。

做完试卷，李小满丝毫没有还回去的意思。王灿灿急了，直接站起来报告，老师，我身后的李小满同学抢我的奶茶！

岂料，李小满娇滴滴的回答，彻底让两位监考老师鄙视王灿灿。老师，不好意思，我渴，他是我男朋友，明知道我一早上没吃东西，还舍不得给我买杯奶茶喝。

二

因为李小满的故意捣蛋，王灿灿大二学期的政治经济学毫无疑问地死在了医院门口，看到成绩报表上赫然写着的"59"分，王灿灿当场泪奔。

李小满实在过意不去，决定买点什么以作补偿。结果，被怒气汹汹的王灿灿当场拒绝。

王灿灿义正言辞，士可杀不可辱。

李小满听说王灿灿最喜欢吃城北那家麻婆店的鸡蛋卤粉，特意坐一个多小时的地铁过去买了两份，亲自送到网吧里。

兴许是网吧地板太滑，李小满一个趔趄跌坐在王灿灿的大腿上。崴了脚，磕了头，李小满捧着卤粉大喊大叫。

王灿灿放下手里的鼠标，捂着李小满的嘴巴说，别吵！你有病是不是？没看我正带人攻城吗？多少条兄弟的性命就在我手上哪！

李小满好心好意顶着大太阳给他从城北买卤粉，结果，自己还不如一场游戏来得重要。

李小满站在旁边看着王灿灿聚精会神的模样，越想越气，最后，直接把一盒卤粉全倒在了王灿灿的脑袋上。

王灿灿彻底懵了，满嘴满鼻全是酱油和蒜蓉的味道。

攻城失败，王灿灿无处撒气，把那些抱怨怒骂的弟兄们全杀了。

王灿灿掏出手机在网吧里拍照，发微博，上论坛。王灿灿自嘲说，这绝对是古往今来吃卤粉的第一人，方法都那么与众不同。

李小满坐在电脑前，刚打开电脑看到王灿灿满脸酱油满头卤粉的样子，就彻底喷饭了。

所谓一笑泯恩仇，李小满给王灿灿打了个电话，约他吃饭。

几分钟后，王灿灿顶着满头卤粉出现在学校食堂里，人群中的李小满，差点不治身亡。

三

冰释前嫌后，李小满继续跟着王灿灿瞎混，上课一起睡觉，下课一起打闹。

寝室的男人们都怂恿王灿灿说，哥们儿，拿下吧！李小满这丫头挺不错的。要是你身体有什么问题，心理取向有什么不对劲的话，我们兄弟几个可就不客气了。

王灿灿懒得和他们废话，换身衣裳，继续大摇大摆地和李小满出去吃烛光晚餐。

回来之后，寝室的人全睡了，王灿灿蹑手蹑脚地打开灯，忽见桌上写有几个赫然大字："别占着茅坑不拉屎！"下面还有几个熟悉的签名。王灿灿毫不客气地在另外几张书桌上回了话："老子痢疾，你们管得着吗？"

其实王灿灿心里早就盘算过这笔账，李小满虽然没啥女人味，但也算长得漂亮。况且，性格爽直，待人真诚，偶尔还会玩点小体贴，的确是做女朋友的最佳人选。只是，李小满的脑袋有点古怪，很难搞清楚她在想什么。万一表白之后被拒了，怎么办？那可真就连哥们儿都没得做了。

因此，思前顾后，王灿灿决定先试试水深水浅再说。

周末，阳光大好，王灿灿邀李小满去市区购物。聊了半天之后，王灿灿见时机成熟，去超市买了两盒优乐美奶茶。

王灿灿捧着热气腾腾的优乐美问李小满，你知道你是我的什么吗？

什么？李小满斜着眼睛问。

优乐美啊！你就是我的优乐美哦！因为只有这样，我才可以把你捧在手心啊！

李小满后来的对白，足以让周杰伦当场吐血。优乐美？啥意思？喝完就扔是吧？你见过谁成天像个傻子一样在手心里捧个空奶茶罐子？

四

王灿灿决定追李小满，是在大三上学期。

王灿灿坐火车才到半路，行李箱就被人调了包。行李箱里不但丢了王灿灿的身份证，还有那张存有学费的银行卡。

走投无路，王灿灿用即将欠费停机的手机给李小满和寝室的兄弟们群发了一条长长的求救信。

凌晨三点，火车到站，王灿灿两手空空刚出站口，就看到了满眼血丝的李小满。

王灿灿花两个月时间才补办到身份证和银行卡，王灿灿天天臭屁说，学校就是学校，知识的天堂，科学的圣地，视钱财如粪土。你看，我欠学费那么久了，也没人催我。

等王灿灿拿着银行卡去财务室交学费时才知道，李小满早就偷偷帮他缴过了。王灿灿给李小满打电话，李小满在电话里笑着说，兄弟嘛，还见外这些东西？你什么时候有了再还我就是了！

当夜，有个陌生号码给王灿灿发了条短信，大致内容如下：如果在大学中，你的身边有一个爱在课堂上睡觉的姑娘那就娶她吧。第一，她肯定不打呼噜；第二，这样都能考上大学说明她智商高；第三，睡觉不盖被子不感冒，说明她身体好；第四，上课光顾着睡觉了没时间和小帅哥短信传情，说明她不犯花痴以后肯定专一。

王灿灿越读越觉得有道理，自己还额外构思了几条加进去，然后转发给了李小满。

直到凌晨，王灿灿都没收到李小满的回复，王灿灿越想越害怕。

五

所谓孤军奋战，破釜沉舟，置之死地而后生，得先豁出去，才有可能活。王灿灿心想，反正短信已经发出去了，不如放手一搏，就算最后死得难看，也没啥可后悔的。

第二天清早，李小满一如既往地跟着王灿灿进教室上课，接受点名，然后睡觉。

王灿灿心里更没底了，这是暴风雨之前的宁静吗？还是最后一顿晚餐？管他呢，反正决定豁出去了，还有什么可怕的。

李小满是被一群人吼歌吵醒的，李小满抬头刚准备发火，就被一圈玫瑰花包围了。

王灿灿说，小满，我喜欢你，我王灿灿将从今天起对你实施长期收购，高价入手，终身收藏，绝不倒卖的方针政策。如果你现在不答应，没关系，我是长期的，我可以等。

教室里的所有女生们都疯了，估计长那么大，还没见过哪个男生这样的个性表白。

李小满站在一圈玫瑰花里笑了，武大郎同学，你欠我的学费还没还呢，只要你不跟我说这些花是用我的钱买的，那就万事好商量。

人群一阵欢呼雀跃。

事后，李小满神秘兮兮地跟王灿灿说，武大郎，有个秘密，一直没有告诉你，那天晚上给你发短信的陌生号码，其实是我临时买的手机卡，你中计了！

王灿灿甩甩头发道，不好意思，我早就去营业厅以充话费为名知道了机主是你，一切，也只是将计就计。不过，那些玫瑰花和承诺，都是真的。

李小满同学，请你继续跟着我武大郎混吧。

选自《考试报》2016 年第 58 期

> 美好的爱情总是让人动容的，因为看惯了生离死别，看惯了单相思，看惯了因为各种原因最终没能在一起的爱情。所以，当有人真的在一起了，就祝福他们吧！

少年错

文 / 一路开花

十年别泪知多少，不道相逢泪更多。

——徐熥

中考过后，周小勇拿着一本厚厚的同学录来找我，我永远记得那天他泪流满面的模样。我们共同以为，这一次的分开，便是永久的别离。我们会像其他中学里的死党一样，被命运残忍地抛开，在不同的集体里认识不同的人，并结成新的死党。而后，对这一段含泪带笑的回忆置之不理。

我有些哽咽，我没说话，伸手将同学录翻到最后一页，用黑色的签字笔写下了"友谊长存"四个字。这四个字像一个快要消散的梦，让我们彼此伤感。

天意弄人，两月后，我和周小勇又在同一所学校的男生厕所里狭路相逢了。他的瞳孔无限扩大，面目狰狞，就连嘴巴里那根宝贵的劣质香烟都颤抖得掉落在地。

恼人的上课铃声阻断了我们的高谈阔论，周小勇一面小跑着赶往教室，一面回头嚷嚷着让我放学等他。放学后，我在校园小卖部的门口手握两根伊利雪糕，神情呆滞地守望着高一部的教学楼。

周小勇仍然是个倒霉蛋，他刚呼哧呼哧地跑出来天上便下起了濛濛小雨。周小勇说，在雨中潇洒漫步吃雪糕的男孩帅呆了。为了追求这个虚无缥缈的"帅"字，我放弃了一切可以骗到伞的机会，陪着身体臃肿的周小勇慢慢地走在雨中的小路上。

事实上，不到五分钟我和周小勇便成为了这世界上最衰的花季男孩。瓢泼大雨不但将我们手中的雪糕一扫而光，还创造了两只一胖一瘦的"马路落汤鸡"。

正当我和他嬉笑着走上铁桥时，忽然从雨中传来了微弱的、呼喊"救命"的声音。先前，我们都看过一些以声索命的恐怖故事，因此对于这种情况不约而同地保持了沉默。

呼救声越来越大，那歇斯底里的哭喊，让人闻之心碎。我和周小勇先后停在了铁桥上，凭高四处搜寻着落难者的所在地。

稠密的雨线阻挡了我们的视野，呼救声在雨中变得越发焦急、恐惧和混乱。因雨打江面的缘故，我们实在找不到声音的发源地，只能靠肉眼在有限的范围里迅速搜查。终于，我看到了那个沉浮在河里的求救者，那是一位身穿蓝色校服的女孩。

她瘦弱的身躯在浑浊的河水中摇摆，仅露出一副雨泪模糊的面孔。冰凉的河水扑打在她的脸上，将她卷入湍急的河流里。水花过后，她又借着杂树的力量艰难地将头顶出水面，她的双手，始终不肯松开低垂到河岸上的枝干。

周小勇的怒吼使我打了一个冷颤，他紧锁眉头，朝我大喊了一声救人后，独自跳入了河中。女孩的双手虽然依旧紧拽枝干，但身体却在一点点向内偏移。如果树枝折断的话，她势必会被湍急的河流卷走。这样的故事，我和乐天派的周小勇都听过不少。

看着周小勇在河中奋力扑游的背影，我始终都没有勇气跳下去。我在想，如果连我也跳下去了，那谁来拯救翻滚在河流中的我们？

事实正如我想象的那样，笨拙的周小勇在此刻的河流中完全不堪一击。他的衣服在浑浊的河面上一起一落，一隐一现。如果我跳下去的话，情况可能会稍好一点，因为我的游泳技术远远胜过周小勇。

大雨中的河流像一条腾跃的长龙，吞噬了紧紧抱在一起的他们。树枝已断，一切恍然成了定局，不容我再有丝毫权衡的余地。

直到树枝最后断裂，周小勇朝我挥手求救的一刻，我都没有勇气纵身一跃。骨子里的懦弱和自私，让我在瞬间恨透了自己。

事情并不如我想象的那样，一个在雨天撒网的农夫在半路拦下了他们。

之后，我去了另外一所学校，而周小勇，再也没来找过我。我们那份"万古长青"的友谊，如同那天救命的树枝一般，在悲绝的呼喊中混入了奔腾的河流。

岁月一路匆匆呐喊着在我耳旁飞过，此刻的周小勇，早已沦为劳动市场的板车夫。他时常出现在我所居住的小区楼下，帮搬迁的用户驮运家具。每每从窗外看到他，我的眼前都会闪过一条浑浊的河流，我再也没向我的后辈们提过"勇敢"二字。

命运总是将我推到荒唐的剧情中去，有一次，我亲眼看着板车上的绳索忽然散开，一个笨重的衣柜顺势滑落，将弯腰行进的周小勇砸倒在地。

背着昏迷的周小勇往医院狂奔的时候，我有种赎罪的坦然。这些年，我只要闭上眼睛，就能看到那天他们两人的双眼。我想，如果时光再给我一次机会的话，不论生死，我都会随他而去。

周小勇醒来的时候，到底认出了我，他的原谅在嘴角慢慢扬起。我才说了一句"这些年我过得好苦"，便抱着他布满勒痕的肩膀，嘤嘤地哭了起来。

选自《语文周报》2014 年第 61 期

年少的我们，勇气跟胸膛一样孱弱而单薄。对不起，在你需要我的时候我竟那般懦弱，可是在以后的日子里，我受尽了良心的谴责，幸好最后我们再次相遇！

与你青春相伴

文 / 安心

　　友谊有许多名字，然而一旦有青春和美貌介入，友谊便被称作爱情，而且被神化为最美丽的天使。

——克里索斯尔

　　你的信来了，可我舍不得马上拆开来看，我怕在匆忙的浏览中会让这份惊喜不经意间流失，我舍不得。我想象着你信中会说些什么，想起的还有那些与你青春相伴的往事……

一

　　我是班上很不起眼的女生，长相平凡，性格内敛，成绩也不好，坐在靠窗的角落，一如我沉默的人生。

　　你是那么耀眼的明星，成绩好，长得也好，是老师宠爱、同学爱戴的好班长，每次你一上篮球场打球时，所有女生都会用欣赏和爱慕的目光盯着你。你个头不是很高，但敏捷的身手，准确的三分投篮还是博得阵阵掌声。我一直都只是远远地观望，在成为你的同桌之前，我们也没讲过几句话，对吗？

　　高三时，重新排座位，我万万没想到，老师居然会把我们安排在一起。刚开始，我曾以为，你也会像其他成绩优秀的同学一样根本不搭理我。在你把书本搬过来时，我故意背对着你，漫不经心地把头转向窗外，眼睛倦倦地望着在天空盘旋的鸽群。我没想到，你居然会拍拍我的肩膀说："丁微，以后就是同桌了，一起努力！"

我怀疑自己的耳朵听错了，你会先向我打招呼？转过身，当我看见你灿烂而调皮的笑容时，忙尴尬地点头，也努力挤出一丝笑意，而心里却是抑制不住地激动。你永远都不会想到，在这所市重点中学，你是第一个主动对我说话和微笑的同学。

以前，由于成绩不好，班上的同学都排斥我。个头不高的我，一直就坐在教室最后一排。虽然我很努力地学习，但每次都排在名单后面的成绩还是拉了班级的后腿，同学讨厌我，老师也不喜欢我。

在班上，我从来没有自己的朋友，每天都习惯一个人独来独往。每次看着身边的同学一脸欣喜地聊天、说笑时，我就特别羡慕。

也曾主动去与同学搭话，但那个成绩很好的女生只是白了我一眼，说："你懂什么呀？"然后转身走了。渐渐的，我学会了安静，学会了默默承受和面对。在这所与我格格不入的市重点中学，我知道我是多余的人。

要不是遇见你，与你同桌，以我当初的成绩，就像老师说的，我肯定考不上大学。

二

高三的第一次数学小测，我的成绩又是不及格，而且全班最低。数学老师当着全班同学的面说："丁微，只剩下一年了，能上什么样的学校，就看你自己了。你父母挣两个钱也不容易，你要好自为之。"我低头不语，这样的批评从来都没有停止过，听多了，也习惯了。我知道老师是为我好，我也知道我的父母挣钱并不容易。

没想到放学时，你会悄悄对我说："让我帮你补课，好吗？"我愣愣地望着你，不知该如何回答。一个前桌的男生突然转过头来，阴阳怪气地说："就她这成绩，补了也白忙，还不如帮帮我。""你闭嘴！你成绩很好吗？"你厉声说，吓得那男生马上缩回头跑出教室。

"谢谢你！他说得没错。"说完，我沮丧地走出教室。教室外有大片的阳光，照在身上暖洋洋的，但我的心却禁不住寒战。面对即将来临的高考，我真的努力了，却一点成效都没有。走在路上，我浑身一点劲都没有，看着熙熙攘攘来往的人群，我突然感觉自己特别孤独，泪水，悄然滑落。

"擦擦吧，让人看见了，要笑话的。"一张纸巾递到我面前，转过头看见是你时，我忍不住斥责："你跟着我干什么？看笑话吗？"说话从不大声的我，却在你面前大声疾呼，而泪水再也控制不住地倾泻而出。

你拉我去了附近的小公园，坐在光滑的石头上，你一直盯着我看。"看什么呀，没看见我在哭吗？"我不悦地说。"你哭的样子挺汹涌的。"你认真地说，逗得我禁不住笑了起来，有你这么形容人哭的吗？

看我平复了情绪，你说起了你的故事。我真的没想到，表面风光的你，原来也有那么难堪的过往。"每个人都有自己的优点，放大优点，人就会自信一些。高考并不能决定整个人生，但既然参加了，就得用心准备，这样就不会后悔……"你说得很慢，像在讲别人的故事，但每个字都深深地烙印在我的心上。

你告诉我要坚强，告诉我不能轻言放弃。望着你清澈的眼睛，我认真而肯定地向你点了点头。

三

你除了教我学习方法，还帮我制定了详细的复习计划，每天放学，你都会留下来帮我讲解难题。班上风言风语渐起，最后就连老师也来找你谈话了。

我不知所措地面对这一切变故，虽然成绩已经有所起色，但内心的惶恐还是超过了喜悦。我怕自己会影响你，你是要考重点大学的，是学校的保护对象，而我早已经被老师们放弃。在这里，我只是寄读，最后还得回原学籍参加考试。

"真厉害，一只闷葫芦居然也能把我们的大班长迷得晕头转向，真是不叫的狗咬人最狠。"一个平时就看我不顺眼的女生在班上大声喧哗，所有的人都跟着起哄。他们指着我的脊背说东道西，说我勾引班长，说我不知天高地厚。

"你们瞎说什么呀？大家不是同学吗？"你站起来反驳，但声音很快就被他们淹没了。我倔强地不流泪，直挺挺地坐着，心里却是一片荒芜。

我以为我隐忍着，大家会淡忘这些事。虽然我们之间只是正常的交往，但是谁又会相信，在这高考前夕的关键时刻，会有人愿意花费自己的时间去帮另一个同学补课呢？谁不在争分夺秒地学习呢？你的好心好意没有人理解，也没有人相信我们是纯洁的。

我拒绝了你的帮助，但你依然如故，每天放学都把我留在教室，问我还有哪不懂的。我说我都懂了，躲闪的眼神却没有逃过你的眼睛。"你说谎！为什么逃避？我们做错了什么？"你生气地质问我。"我的事以后不需要你管！"我冷漠地说，心里一阵刺痛，我真的不想你因为我面对那么大的压力。

"你真这么想的？"你愤怒地盯着我问。"是！"我低下了头，没有勇气对视你真诚的目光。"好！那就这样吧！"你忿忿地摔下书本跑出了教室。

突然形同陌路，虽然我们还坐在同一条凳子上，但我们再也不说话了。那段日子，我又回到了从前，回到了一个人独行的日子，但我不再惶恐不安，我每天用你教我的学习方法上课、复习，每天都记得你告诉我的：坚强面对，不轻言放弃。

高考前三个月，我回到了原学籍的学校。

虽然同在一个城市，但我们没有机会见面。时常会想念你，想念时我心里就充满力量。你的学习方法是有效的，按你帮我设计的复习计划复习，我的成绩稳步上升。在那所普通高中里，我的成绩渐渐地排在了年级前30名。成绩的提高，也提高了我的自信，每次有老师表扬我时，我心里想到的，只有你。我知道，没有你，就没有这一切。

紧张的高考终于如期而至，我发挥稳定，考上了一所二本大学。我一直想知道你的消息，但无颜打听。离开那所重点中学后，我再也没有回去过。我知道，那里从来都不属于我，只是，在那里遇见你，是我人生中最幸运的一件事。你就像寒冷中的火光，给了我整个冬季的温暖。

四

握着你的信，我一个字一个字地认真读着，生怕遗漏了什么，心里暖暖的，像是燃烧着一团火。

"丁薇你好！辗转打听才得到你的地址……与你同桌的那段日子，在你身上，我看见了一种坚韧。你的眼中总是布满浓浓的忧郁，我知道，你其实很努力了，但方法不对，成绩老是上不去。每次发卷子，看见你脸上悲伤的表情我就会难过，虽然一次又一次都考不好，但你还是努力着……与你熟悉后，特别是那次在小公园里，了解了你的心思后，我就决定帮助你。我不想看见你流泪，真的，你流泪的样子很汹涌，那叹息声就像阵阵潮汐……你离开后，我的心很乱，不知道你会不会按我的复习计划去做……青春岁月只是一把平白直溜的尺子，很短暂，走过了，就不会有回头路，即使再相遇，我们也不会再是原来的我们了。要记得努力，我们说好了还要考上好大学的……"

字字句句，仿佛你在面对着我亲口诉说。

我曾以为，我离开后，你就会把我遗忘，只有我一个人会记得，但你没有。在这段孤独的青春岁月中，只有你陪伴过我，给过我鼓励和帮助。

选自《阅读与作文·高中版》2010 年第 5 期

感谢生命中那些笑容宛如阳光的男生，遇见他们就像遇见了自己的白马王子，即使后来远隔天涯，各自为安。但是那段陪伴自己的日子却是一生的财富！

莫小贝的孤独你不懂

文 / 安心

> 这个世界……是孤独的，在它以外什么都没有，它只靠作为整体而静止不动的它自己，它自己就是一切。

> ——刻卜勒

一

莫小贝不知道自己怎么了？江强和过去一样，只跟她开了个无伤大雅的玩笑，她却当真了，扯着嗓子和他吵起来。江强没有想到一向温顺的莫小贝，像是突然吃了火药，每一句话都像"嗖嗖"射过来的子弹。

在江强发愣的片刻，莫小贝忿忿地转身走出教室。望着校园里郁郁葱葱的榕树，满眼盎然的绿意都没有抚平莫小贝烦躁的心情，她的脸上依旧挂着不耐烦的表情。虽然她现在有些后悔，但事已至此她不可能再去收拾残局，莫小贝心里充满了欲哭无泪的感觉。

二

江强在大家面前丢了脸，也暗暗决定：如果莫小贝不主动找他和好，他就准备不再搭理她。一直以来，莫小贝都对他言听计从，现在却突然让他颜面扫地，这太伤自尊了。

两个相处多年的好朋友就因为这点小事分道扬镳了，江强的人缘好，他依旧每日在教室里大声喧哗，和其他同学追逐打闹，玩得不亦乐乎。莫小贝以前和江强形影不离，大家都说她是江强的"跟班"，现在俩人吵架分开后，她就形单影只，孑然一身。

看着孤单的莫小贝，江强心里很不是滋味，但他又放不下姿态。虽然他整天和大家嘻嘻哈哈，表面看似快乐，但心底里也有难以言表的落寞。

三

莫小贝躺在床上，望着窗外幽暗的夜，心事烦乱，难以入眠。她不明白自己到底怎么了？以前江强也常逗她，但她从没有像这次这样"火冒三丈"，从没觉得自己的尊严受到伤害。不知从哪一天开始，她不再愿意当江强的"跟班"，当一个被人"嘲弄"的对象。虽然明白那只是一个玩笑，但她还是不再愿意。

莫小贝希望这次江强能主动示和，以前每次两人起纷争都是莫小贝主动道歉，这次她不想再主动了，凭什么都是我道歉呢？莫小贝愤愤地想。纷繁的心事像蔓藤般缠绕着她的心，织成了密密麻麻的网，让她难受。

看见江强和别人玩得兴高采烈时，莫小贝撇撇嘴，不屑地想：有什么了不起呢？你江强再怎么人见人爱，我莫小贝都不稀罕。她沉溺在一个人的世界里，心里酸酸的。

四

班上的同学都在背后议论，说莫小贝小心眼，一点鸡毛蒜皮的小事也要闹翻天，活该没有朋友。也有同学指责江强不该逗弄莫小贝，毕竟十几岁的人了，谁会没自尊呢？

莫小贝听见别人的嘀咕后，莫名地笑了笑，眼神中却盛满了忧伤。她并不想失去江强这个好朋友，可是她又不甘心，那么多年的友谊，为什么就得靠自己一个人来维持和努力呢？不对等的友谊是多伤人啊！

莫小贝心情不好，在家里也和妈妈起了冲突。她烦老妈整天絮絮叨叨地重复一件事，烦老妈总是嘘寒问暖把她当成小孩子，烦老妈不让她自己做主，买她并不中意的衣服。爸爸在吃饭时，才说她几句，她又把枪口对准老爸，两个人不欢而散。

莫小贝不明白自己为什么会突然间就变成了一只充满锋芒的刺猬，让所有人都不愿意与她接近。这让她很迷茫，感觉自己不再是自己了。

忧伤的莫小贝沉默了，她不再轻易地把心事说出来，也不再像过去一样无忧无虑，似乎对任何事情她都烦躁不安。原来那个温顺乖巧的我哪去了？莫小贝望着高远的天空喃喃自语。

五

独处的时间里，莫小贝总是呆呆地望着窗外冥想。她想去流浪，去一个谁也不认识她的地方，那里有无边无际的草原，有奔驰的骏马；或者是大雪山，银装素裹的世界，洁净得一片白。或许在那里，她才可以忘却所有烦恼，让自己开怀大笑。

一次次的遐想中，莫小贝仿佛自己已插上了翅膀正翱翔在蓝天白云中，心情微微然飘扬起来。她偷偷观察江强在心里捉摸，那些美妙的想法，他是不是也有过？可是看见江强正和同桌聊得口沫横飞时，她又愤然：就算自己哪天真出去流浪了，也不愿意和他搭伴。

莫小贝心绪如云，跌宕起伏。她的成绩一般，和所有不爱学习的学生一样，完成作业只是为了应付老师的检查。在老师眼中，除了成绩优秀的学生外，就是最调皮捣蛋的学生了，那些成绩中等的学生很难让老师留下印象。莫小贝就是这样，她常感觉自己在班上是个可有可无的人，即使哪天她转学了，也不会让人想念。

六

可是她想让同学留下印象，想让大家尊重她，知道她也是有自己独立思想的人，她不想成为江强的"跟班"。希望母亲能够尊重她的喜好，父亲能尊重她的想法，而不是被所有人支配，但所有人似乎都不理解她。

找不到可以倾诉的人，莫小贝愈加沉默。她的内心深处一直有个声音在回响，擂鼓般地震动，她想向别人证明她是独立存在的，并不需要依附于任何人。

没有人能读懂莫小贝，江强也不明白。他只是感觉莫小贝变得很陌生，不再是过去言听计从的莫小贝了。

看着镜子中的自己，莫小贝也感觉陌生，但是她似乎又很欣喜自己"乖乖女"的雏形。

患得患失的心情在时间的推移下渐渐平复，莫小贝那种急于表现自己的想法变得淡了，火爆的性子也较收敛，整个人又变得平和。

七

莫小贝并不明白，这是青春期成长的必然过程，一个暗礁丛生的阶段，所有人都经历过。只是她的反应和表现比别人都明显罢了，曾经压抑的心性得到了释放。

在这段孤独行走的青春岁月中，莫小贝渴望江强的友情，但又排斥自己以"跟班"的形式出现在江强身边，让她成为被人"嘲弄"的对象。种种过激的反应源自心底最真实的渴望，她希望拥有独立的人格，希望得到尊重和重视。

我们每个人都曾经历过这样一个阶段，只是有的人比较激烈，有的人比较平和，但孤独如影随形，那是成长的一堂必修课，是学会审视自己内心的开始。

选自《聪明泉·少儿版》2013 年第 11 期

　　孤独是必修课，成长是必修课。我们都曾经历过这样的时刻，不管是别人以你为榜样，还是你跟在别人屁股后面跟跟跄跄地追赶。最后的结果依然是自己成长了，这便是不断寻找自己的过程。

永远都在成长

文 / 〔美〕鲍勃·波克斯　孙开元 编译

　　一个人若是年轻而且孤独，完全专心于学问，虽然"不能自给"，但却过着最充实的生活。

——艾芙·居里

　　这里人很多，我都纳闷自己为何会忙里偷闲来到这家商场里散心。每当遇到难缠的事情，我的脑子又几乎已经麻木不仁，我就知道自己该歇口气了。

　　在我小时候，我们一家人最喜欢在星期六的晚上出来逛商店，其实就是为了离开家一会儿。我们经常把车停在附近的购物中心外边，一边吃着喜欢的零食，一边看着来来往往的人们。

　　自从那时起，在这家商场里小坐片刻就成了我最惬意的时光。我不会坐太久，从不像个老爷子那样坐在这儿打起呼噜。我也不喜欢扎堆闲聊，只是吃点东西，养足了精神就离开。

　　不过今天正赶上购物高峰，商场里人声嘈杂。大厅里一共有三把长椅，我幸运地在一把椅子的紧边上挤了下来。

　　来这里的人老少都有，店员们来回忙碌着。突然，大厅里一阵骚动，一个 12 岁左右的漂亮小女孩跑到了坐在我旁边的那位女士身旁。女士说："怎么不和我坐一会儿？"女孩看上去很文静，但随即开始发起了牢骚，显然是椅子上没有了坐的地方，这让她很烦。

　　"可我坐哪儿啊？没有我的地方了。我倒是想……和大人一样……想开心……想有个位置！"小女孩说。

这不只是想找个地方坐的问题，而是一个少女想要发现自我，在寻找一种归属感。

我刚想给女孩让出自己的座位，正巧，坐在女士旁边的一位老先生站起身走开了。他可能是不想掺和进去，但这对我来说却正是个搭话的机会。

"其实你不是只想找个座位，对吗？"我看着女孩说。

"什么？你在跟我说话吗？"她问。

"是的。"

"我确实是只想找个座。"

"我想起了自己在你这么大时也是这样，遇到这种情况就会受伤。"

"你受伤？出什么事了？"

"不是在身体上，而是心里受伤。我想融入生活，不只是在朋友圈，而是融入整个社会。我想看到一个真正的自己，那时候，当我站在镜子前，我都不知道自己看到的是谁。"

"妈妈，你看人家都知道我的感受。"女孩对她身边的女士说。

"先生，我也跟她这么说过，但因为我是她的妈妈，同样是这句话让我一说，她就说我是在讽刺她。"女士说。

"我理解，因为我有两个儿子，我也正发愁没法找到个会说'儿语'的翻译。"我笑着说。

然后我又对女孩说："我告诉你吧，这一切都会过去，不是消失，而是成长。人都会走出这些年少时期的烦恼，面对生活中新的挑战而变得成熟，然后变老，最终你会找到自己的归属感的。有一天，你会突然明白自己需要的是什么，但这个世界也像你一样会变化的，那些对于你来说曾经无比重要的梦想也许会淡去，因为你有了新的目标。有些事情你可能现在还看不到，但有一天它会突然出现。你在一生中会很多次面对镜子拷问自己，这对你是有好处的，因为你无法对镜子里的人撒谎，你无法假装成别的什么人，思想不会对你撒谎。"

"那我不是要苦恼一辈子了吗？"她问。

"不会，当你找到真实自我的价值时，你就不会苦恼了。信不信由你，苦恼也是一件好事。你就像一朵玫瑰，现在你还只是个成长中的小花蕾。现在的你正开始开出花朵，伸出的花瓣和你有同样的疑问：'我要开向何方？'"我说。

"但我不想当玫瑰花。"她俏皮地说。

"说得好！由此你可以问问自己：'如果我是一朵花，我愿意作一朵什么花？'然后你就作那朵花儿！"

"但我成长得太久了！"她说。

于是，我给她讲了一个故事："有一种叫做中国竹的植物，在种下后的头四年，无论你怎么给它浇水施肥，它都好像一点儿动静也没有。等到第五个年头，你再给它浇水施肥，不到五个星期，它就会长到 90 英尺高。"

"哇！"她惊叫起来。

"现在我问你，它是在五个星期里长起来的，还是在五年间？"

她想了一会儿，然后轻轻叹了口气，安静地回答："五年。"然后又说："我啥花儿都不当了，我要当竹子！"

众人都笑了起来，女孩转过身，和妈妈拥抱了一下。我站起身和她们告别，在拐弯时我转过身又看了她们一眼，看到小女孩这时也站了起来。我敢发誓，此时的她看起来比刚才高了许多。我想，也许她今天就成长了一点儿吧。

其实，人的一生都在成长。

选自《语文周报》2015 年第 31 期

> 　　只有一条路不能选择——那就是放弃的路；只有一条路不能拒绝——那就是成长的路。

如果爱意可以快递

文 / 李瑞

父母者，人之本也。

——司马迁

像大多数青春期偏执、逆反的孩子，我总觉得父母思想落后、迂腐，和他们有着严重的代沟。要么对他们大吼大叫，要么干脆懒得搭理他们。

上初中的时候，周一至周六我都在全封闭式的寄宿制学校度过，周六傍晚一放假我就像脱了缰的野马狂奔回家。到家后不洗澡不吃饭唰地跑到客厅打开老旧的黑白电视看动画片，对于父母的唠叨充耳不闻。

一天，看动画片正起劲呢，我妈在边上和我说话，我爱理不理，突然她姿态放得很低，用很讨好的声音说："你看你的，你随便嗯几声应付我就好。"

由于收不到很多频道，我经常抱怨老妈让她换新的。我妈说这电视好好的，换新的多可惜。可初一下学期，家里的黑白电视换成了彩色的并打算安装卫星电视接收器。问题来了，我想继续放客厅，但老妈执意要放他们卧室，老爸在旁边不吭声，我问为什么，她一直支支吾吾说不出个所以然。

争红了眼，我对老妈大吼大叫，老妈蹙着眉头望了我一眼，深深叹了一口气后向我缴械投降。回到学校后不久我收到老爸发来的一条短信：女儿啊，你妈想把电视放在我们屋是希望你能多陪我们说说话……

高中的学校离家就 5 分钟的车程，不再寄宿。每天早上七点上早自习，由于选择了文科，我一般不到六点就起床背书，那时我一直郁闷一件事：无论我起的多早，老爸总是早我一步起床。晚自习回家一般都超过 11 点，有时候打扫卫生或者请教老师问题可能 12 点才回家。

回到家我就开始喋喋不休地批斗老师，抱怨考试，稍一不顺心就放大嗓门和父母顶嘴。吃完丰盛的夜宵我磨磨唧唧地去刷牙洗澡然后上网，美其名曰是查题目实则上网看小说、看视频。

我不睡，老爸再困也不会睡，一天中午回家，没有看到站在家门口张望的老爸，心里一紧。老妈说老爸中午突然昏迷，现在在医院，老爸在床上躺了好几天都没醒。

一天晚自习回家后，老妈激动地告诉我老爸傍晚醒了，醒来的时候他的嘴巴一直在动，老妈连忙把耳朵凑了过去："你慢慢说，我听着呢。"老爸虚弱地说："女儿回来没，你快去给她做饭。"我顿时泪如雨下。

高考时填报志愿，我选的省份全部离安徽省很远，一来小节日就不用频繁回家从而向那些说我不懂事的人证明我不会想家，二来可以自由自在做自己想做的事从而不被别人知晓，最终我要去离家两千里之外的湖南上学。

高考后的那个暑假因为这个问题和父母争吵了无数次，要出发去湖南上学的前一晚还顶了起来，我面红耳赤地对着我妈吼："鬼才会想家！"我妈被我气得不轻："你给我滚，有本事别回来了！"第二天早上，我没和我妈打招呼就离开了家。我知道我走的时候她是醒了的，或者说彻夜未眠。

我爸大包小包地把我送到学校，他买了第二天下午 4 点多的车票回家，2 点多我催他去车站，他不吭声，来回环视我们寝室，一会摸摸这儿一会摸摸那儿，我又催他。他低着头走到我床边坐下，轻声说："要是你一直不长大，多好。"

大一上学期我几乎没打电话回去，傍晚看搞笑视频正嗨，我爸打电话过来："女儿啊，怎么这么久也不打个电话回家？你妈一直念叨你呢，怕打扰你上课也没敢给你打。"

没几天，上课的时候手机震动一下，跳进了一条短信："女儿啊，在干嘛？"想起暑假我妈非让我教她发短信，我还不耐烦地数落她，小学都没毕业，这种高科技你们这些老古董怎么可能驾驭得了？嫌她手脚太笨潦草地说了几句便没耐心教下去了。可怜我可以对陌生人耐心客气，对父母却如此刻薄苛刻。肆无忌惮地伤害最爱我们的人，这也是大多数年轻人常犯的错误吧。

寒假回到家，老妈把湿漉漉的手往围裙上使劲蹭了蹭就过来拉我的箱子，然后让我赶紧洗手吃饭，她姿态谦卑，拘谨得就像是在迎接贵客，客气得让我不知所措。一桌子丰盛的菜，我却味同嚼蜡，凝望着还在忙碌的老妈，我放下筷子，从背后轻轻地抱住了她。

在父母眼里，自己的子女都是心肝宝贝，不管他们用怎样的方式关心我们，都彰显了浓浓的爱意。尽管父母有时的观点和我们之间确实存在代沟，但不要反驳，因为倾听也是一种孝心。

如今，我在湖南，老爸老妈远在安徽。总会在某些时刻羡慕那些时刻陪在父母身边的人，1000公里的距离，如今成了我最深的羁绊。

老爸老妈，如果爱意可以快递，我愿穿越时空及时握住你们的手。

选自《语文报》2014年第2期

人总是要长大的，要带着梦想和行囊远行。漂流的日子虽然无助，可是有了父母的千里陪伴，我们才没有在中途放弃。

有些秘密经不起风吹

其实，很多次的巧合，都是我一手造成的。例如早餐时，我总会站在门外默默地扫视一遍，寻到她的影子后，立即上前把包放在她旁边位置上，才十万火急地去买豆浆油条。放学骑车时，我总会发疯似的狂奔至停车场，打开钢锁，推着它慢慢地在公路上闲走。等后面的大部队都出来之后，我才会滑行上车，慢慢地溜达。那一段路，有什么商店，有什么字样，我早了然于胸，根本不必再看。溜达的原因，只是在等待，等待一个熟悉的身影从我身后华丽登场，我好悄悄地跟上她的步伐。

爱的表达

文 / 宋传德

亲情，不论何时，不论何地，她都将永远陪伴着你。

——英国谚语

    她是南京市一家国企的职工，丈夫是警察，日子过得挺安稳。2001年初夏，她时常感到后背隐隐作痛，想着可能是近几天过于劳累所致，就吃了几片止痛药。几天后，后背出现钻心的疼痛，去医院检查的结果让她和家人都大吃一惊：白血病，治疗的办法就是骨髓移植。

    她有一个弟弟和一个妹妹，检验的结果是妹妹柏翠云的配型成功。在姐弟三人中，翠云是最淘气的，姐姐的性格则完全不同，从小就知道疼爱弟弟和妹妹，有好吃的东西总是让给他们。成年后，也经常帮助弟妹两家。

    当得知配型成功时，急性子的妹妹连想都没想就做出了决定，尽管家里人有顾虑，但救姐姐的心没有半点迟疑。"家里人同意我得捐，不同意我也得捐！"翠云说。翠云家境一般，下岗后，靠送报纸维持家用。最让人痛心的是，丈夫也在姐姐患病的那一年得了癫痫病，整个家就靠翠云一个人支撑着。

    两个月后，姐俩一同踏上了北上的旅程，去做造血干细胞移植手术。手术前，翠云必须提前在医院待上一个多星期。在一周的时间里，翠云每天都得注射一种刺激因子，为提取造血干细胞做准备。

    为了方便去医院和照顾姐姐，翠云在医院的附近租了房子，尽管条件简陋，但可以自己开伙。每天早晨，翠云都起得很早去买菜、烧饭，给姐姐做可口有营养的饭菜。有时候姐姐吃不下东西，翠云就跑到几公里外的大菜场，挑选新鲜蔬菜回来煮菜汁给姐姐喝。

医院给翠云使用的捐献方法是：先把骨髓血中的造血干细胞"赶"到外周血中，之后从手臂上采血，通过分离器把造血干细胞提取出来。虽然不用抽取骨髓，但"赶"干细胞的过程也不轻松。

"头几天还没什么特别的感觉，到后面的几天，浑身就像有无数个小虫子在拱，那个感觉真的好难受！"尽管如此，翠云还是坚持着。"只要能够救活姐姐，再大的痛苦我都能忍受。"

翠云的造血干细胞被有效地抽取了出来，提取完的第一天，翠云感觉四肢发麻，手脚冰凉，心里发慌，连走路都很困难。但翠云的心里想着姐姐，得让姐姐放心。翠云一步步挪到无菌病房外，隔着玻璃，姐姐拿起电话只问了她一句话："你还好吧？"翠云回了一句话："我还好。"

当提取的造血干细胞被送进姐姐的无菌病房时，听着护士的那声"细胞来了"，姐姐的眼泪就止不住地流了下来。"那一刻，我仿佛有一种获得新生的感觉，内心里对妹妹的感激无以言表。"

移植手术非常成功，在北京住了不到4个月，姐俩就平安地回到了南京。姐姐虽然重获健康，但她不能做过重的家务。翠云索性就辞了送报的工作，一心一意地照顾着姐姐。

然而，老天爷实在是不开眼，快乐的日子没有维持多久，时隔8年，癌细胞再次造访了姐姐。

2009年国庆前夕，姐姐的胸口出现一个鹌鹑蛋大小的包，切片检查的结果是恶性肿瘤。再仔细一查，两侧的腋下、腮下都有了大小不一的肿瘤。种种迹象表明，白血病在髓外复发了。一个星期不到，癌细胞就从髓外侵入骨髓，白血病再次全面复发，全身癌细胞达86%。这样的结果让所有的亲人都压抑地喘不过气来。姐姐在妹妹的搀扶下，飞往北京。

对于已经做过骨髓移植的白血病人来说，复发就意味着生命接近了死亡的边缘。姐姐活下去的唯一希望就在妹妹了，可就在前不久，翠云的丈夫刚刚因病过世。失去丈夫的痛苦让翠云也挣扎在崩溃的边缘，无论如何也不能再让姐姐紧跟着走向死亡。

当医生提出可以尝试一种全新的治疗方法时，翠云来不及详细打探，立即就答应下来。但翠云不知道的是，新的方法还得完全依靠她来提供淋巴细胞。由于姐姐的癌细胞存在于全身，只能依靠妹妹提供健康的淋巴细胞，为此，翠云再次躺到捐献床上。

2个多小时的提取，翠云默默地忍受着心慌、腿麻等各种不适。让人欣慰的是，妹妹的付出没有白费，新的免疫疗法又一次成功地把姐姐从死亡线上拉了回来。

和第一次移植不同的是，这次移植后，每隔一段时间，就得再移植一次免疫细胞。至今，姐姐去了19趟北京，妹妹也陪着去了19趟，5年间，翠云共为姐姐捐献了9次免疫细胞。

尽管妹妹对捐献免疫细胞无怨无悔，但对姐姐来说，妹妹陪着她来回奔波和捐献的辛苦，都让她感到无以为报。多年来，姐妹俩的表现都是"爱你在心口难开"，这次，姐姐决定用实际行动来"报答"妹妹。

"和那些得癌症离世的人相比，我已经够幸运了，这都要感谢我有个好妹妹，她是一个伟大的妹妹。我这病没完没了地折腾她，活着一天，妹妹就跟着我遭一天罪。"

从2013年4月起，不管翠云怎么催促，也不管家人怎么劝说，姐姐就是不愿再去北京接受移植干细胞治疗了，直到2014年5月初，姐姐的上身又出现了一个恶性肿瘤。万般无奈的情况下，挨过了13个月，姐妹俩再次去了北京。

5月16日，妹妹第10次为姐姐捐献了自己的免疫细胞。每一次捐献，姐姐都站在门外，强忍着内心的煎熬，看着旁边那台大机器闷声运转，看着妹妹的鲜血从两个手臂上的导管进进出出。此时，姐姐唯一能做的就是祈祷老天爷保佑妹妹健康平安。

一周后，从妹妹的血液里提取出来的救命细胞，就会进入姐姐的体内，让姐姐的生命之树常绿。刚刚捐献完细胞的翠云，感觉还是有点心慌，稍事休息，就慢慢地回到租住的小屋里。姐姐也特意和医生请了假，来到小屋看望妹妹。自从姐姐 13 年前生了病，北京，就有了翠云的"第二个家"。

在妹妹租住的小屋里，姐姐看到妹妹正靠在床头，织着一条小背带裤。姐姐的女儿已经怀孕，原本这给即将出生的外孙打毛衣的活该是姐姐做的。无奈化疗带来的肌肉排异副作用，让姐姐没法低头织活，妹妹就替姐姐织了起来。

现在，已经织好了两件上衣和两条开裆裤。"快了，再有几个月宝宝就出生了。"妹妹笑眯眯地碰了碰坐在身边的姐姐，"你得好好地活着，我好陪着你等着宝宝叫咱们外婆呀。"

选自《考试报》2016 年第 67 期

感谢这些存在于我们生命中的亲人，因为这爱，我们才永远不会孤寂。

母亲的一天

文 / 罗静

从母亲那里，我得到的是幸福和讲故事的快乐。

——歌德

她站在儿子的房门口喊了好几声，儿子终于懒洋洋地答应了。

她接着奔进厨房，准备一家人的早餐。儿子喜欢吃番茄味的三明治，不喝豆浆；老公偏爱劲道实在的面条，多加白菜和葱花；婆婆是地地道道的云南人，早上只吃米线，喜辣…… 每个人的口味，她都记得一清二楚。

但不管准备得多充分，在这热闹的大餐桌上，总有人提出异议。有的人要加盐，有的人要加糖，有的人要喝可乐，有的人则埋怨她早上锅碗弄得太响。在饭桌上，她总是站起来又坐下去，坐下去又站起来，像个不厌其烦的五星级服务员，总能满足每位顾客提出的要求。

收拾残局的时候，婆婆说想吃城北那家的鲜鱼汤，她满口答应了。婆婆问交通方不方便，不方便就算了，天气热，免得麻烦。她笑着说："哪里，出门就有直达的公交车，公交车上可舒服了，有空调吹，比家里还凉快。"

其实，要去城北特别麻烦，来回得换乘两次公交，而且都是中途上车，根本没座位。

她在城北菜市场绕了一大圈，总算买够了一天的饭菜。她本来想顺路去改下旧裤子的腰身，可看了看表，时间明显来不及。

　　一家人有热腾腾的饭菜吃，是她每天最重要的工作。

　　儿子没回来吃饭，她有点挂念，她想等等，但嘴巴上还是说："算了，开吃吧。这孩子，估计又在外面吃零食了。"

　　午饭才吃到一半，老师就来电话了。

　　儿子早恋，跟隔壁班的女同学。为了这女同学，还跟同年级的一个男生大打出手，影响非常恶劣，学校正在商量如何处分的事情。

　　她急坏了，围裙都还没来得及解下，就匆匆往学校里赶去。儿子那么小，万一因为这个事情被开除可怎么办？她越想越不对劲儿，于是去银行取了点钱，跑去专卖店拎了两条好烟。

　　回家的路上，儿子一直没有搭理她。是的，在儿子最喜欢的女生面前，她竟然满身油污地出现了，是挺丢面子的。

　　婆婆站在旁边听了听，大概知道情况后，淡淡地说了句："下次别这样了，穿成这个样子去学校，孩子当然觉得难堪。"

　　儿子一直躲在卧室里，她在门外说了很多话，均不奏效。她心急如焚，但老公马上就下班回家了，还带了几个单位的朋友，她得马上准备几道拿手好菜。

　　饭桌上，她仍然是最忙的那个人，一会儿站起来，一会儿又坐下，添个汤，加点酒，泡杯茶。这些事情，老公只要一个手势，她就能明白。

　　大家都有些醉了，一聊，就聊到了深夜。她坐在客厅里，虽然在陪婆婆说说笑笑地看泡沫剧，可心里依然想着儿子的事情。

　　送走客人，老公倒头大睡。她收拾完满屋狼藉，终于有一点时间坐下来，安安静静地吃一口饭，自己为自己的饭菜搭配，自己为自己的口味加盐。

吃完后，她想敞开心扉去跟儿子好好聊聊，却听到房门里微弱的鼾声。

她收回将要敲门的手，坐在窗前，忽然想写一篇日记。

很多年以后，翻看日记，她也许会发现：这既是她平凡的一天，也是她漫长的一生。

选自《语文周报》2014 年第 39 期

我们经常忘了整天在家里忙碌的那个人，我们经常无端地指责她的不好。可是我们都忘了，她不是保姆，而是家里最伟大的人。

乱红飞不过秋千去

文 / 阮小青

我要你知道，这个世界上总有一个人在等你，不论在什么地方。

——《半生缘》

清楚地记得你的脸

大学毕业无事整理抽屉，我翻出一个油纸口袋。口袋的接口处拧了又拧，最后还扎了一个解也解不开的疙瘩。我用刀片将其划破，打开来看，瞬时泪雨滂沱。或许，我很久之前是打开过它的。要不，怎么会把她的照片这么严密地保护起来呢？那是一张合照——我同桌和她的姐姐，她的姐姐，高我一届。

按理来说，我是不可能遇到同桌姐姐的。当时同桌已早恋，不再与她的姐姐一道上下学，总是在课后安静地坐着，等一个高大的男孩儿至教室门口轻声唤她，两人便一同如鸟般飞去了。

我见过那男孩儿很多次，一起踢过比赛，还帮他给女同桌送过很多信件。慢慢地，我与他熟络起来，但大部分时间，他是不对我笑的，一旦笑了，那便是有事，不是捎信就是捎早餐。

一日大雨，那男孩没有过来。许久后，她冲出教室站在窗外搜寻，终于发现了他的影子。他远远地徘徊在对面的教学楼下，双手合十，来回踱步，像是祈祷雨小一些，再小一些。

同桌缓缓走出教室，看架势像是打算飞奔渡雨了。正当我合上书本，准备走出教室时，一个清瘦的身影从门口探了进来。她迅速搜寻了一下，急急转头走掉了。

才过走道，她便叫起了我同桌的名字。我那个正欲飞奔穿雨，潇潇然去寻另一半的同桌，显然在闻声回眸间吓坏了。

"姐！你怎么会来的？"

同桌姐姐不说话，扬手递给她一把伞，头也不回地走掉了。

就这样清楚地记得了那女孩的脸，那一天，我16岁，读高二。

偷偷地在夜色下记起

那一遇，我与同桌姐姐的见面多了起来。课后在走道上，我总能看到她远远地从对面的教室里出来；去吃早餐，我会发现她就坐在我的左边或右边；放学骑车，我总觉得自己倘若再蹬两下就可以蹿至她的车前……

我未曾与她说过话，也没有告诉过我的同桌，我于何年何月何时碰到了她的姐姐。我知道，同桌对此没有半点兴趣，而我，也不可能从她那儿得到关于她姐姐的半点儿消息。

其实，很多次的巧合，都是我一手造成的。例如早餐时，我总会站在门外默默地扫视一遍，寻到她的影子后，立即上前把包放在她旁边位置上，才十万火急地去买豆浆油条。放学骑车时，我总会发疯似的狂奔至停车场，打开钢锁，推着它慢慢地在公路上闲走。等后面的大部队都出来之后，我才会滑行上车，慢慢地溜达。那一段路，有什么商店，有什么字样，我早了然于胸，根本不必再看。溜达的原因，只是在等待，等待一个熟悉的身影从我身后华丽登场，我好悄悄地跟上她的步伐。

她出左脚蹬车的时候，我也出左脚，她出右脚蹬车的时候，我也出右脚。偶然，她会快速地蹬上那么一段，或是噼啪噼啪地踩脚踏板，让我的脚步大乱，险些摔倒。每每这时，我总会在后面张大了嘴巴，迎着凉风美滋滋地笑。

她乌黑的长发被悠长的风向后甩摆开来，仿佛一种召唤，我总是在车水马龙的公路上看呆了。

从那时起，我开始写日记。原来，这些内心中不可能被人知晓的秘密，是要倾吐出来才会倍加痛快。而又有什么方式，能比在夜色下记录时光更加有趣呢？

我要在路上遇见你

临近7月的那些天，我感觉自己是快要离开这个尘世了，因为我极少会碰上她了，大抵是高考的缘故吧。

连续一周没有再见到她。一周内，我的日记本与淡蓝色钢笔一同处于休眠状态。

几乎每一节课后，我都会奔出教室，站在走廊外，眼睛一眨不眨地盯着对面教学楼下那扇熟悉的门，直到铃声响毕，才缓缓回到座位。

早餐时，我经常因为扫视滞留的时间太长，没时间买东西，饥肠辘辘地坐在教室，熬完一个上午的时光。

放学后，我忍住疲惫第一个奔到停车场，照旧沿途溜达，往往还未到家，就已将至返校的时间。我只能转身上车，对着来途一阵狂蹬。

我知道，我喜欢上她了。为了这么一个神圣的词语，我决定勇敢一点，向同桌询问关于她的一切消息。老天帮我，我的诡计得逞，绕山绕水地拿到了她们家里的电话，以及她的名字——艾蒙蒙。

为了防止号码丢失，我在每科课本上都照抄了一遍后，还将它腾到我的左臂上。我决定，今夜要给她打电话。

晚上回到卧室，久久不敢脱衣，只要一看到臂膀上的那串数字，心就会澎湃得让我窒息。我找了无数个借口来安慰自己，譬如，电话接听后，我就找我的同桌，顺便问候她的家人。或者，响了几声后我就挂断，让她们自动打过来。

不管怎样的借口，当夜我都没能说服自己去按下那几个数字，没能去听一听，那头传过来的嘟嘟声。

我以为，我已遏制住这份早知薄凉又没有结局的情感了。殊不知，第二日，我竟然会在遥望到她的一刹那，于人潮来去的走廊上视野模糊起来。

后来的几节课，我失魂落魄，被点了无数次名。因为已进入高考备战的复习时段，班主任在黑板的中位置钉挂了一个倒计时表。

艾蒙蒙，你的教室里也该有一个这样清晰的倒计时表吧？不过我知道，它们所显示的位数是不一样的。我的还是百位，你的却已是个位。

少年的心事更像乱红

我绞尽脑汁想了一个晚上，终于有了一个不太荒谬的借口。我跟同桌伤感地说："就快临近离别了，我们交换毕业照吧。"话末，极不放心地补了一句："最好是全家福，这样才能体现出我们同桌几年的真情。"

没想到，同桌真给了我一张全家福。明亮的照片上，有艾蒙蒙灿若夏花的笑容。

我做了一个足可自傲一生的决定——去见艾蒙蒙。

不论出于何种理由，我觉得都应该让她知道，在这个狭小的世界里，还有着那么一个无知平庸的男孩儿为她即将的离去怅然并伤怀。

暮色垂垂的红光中，我一步步向那扇熟悉之门靠近。空旷的教室里，寥寥的几人正在奋力全神进行最后两日的冲刺。

没有任何悬念，我在靠窗的位置见到了她。她穿着一件粉色的短袖，袖上衬满了乱红的夏花，我平静的心，被这一抹乱红撩拨得繁杂不堪。伫在门外，我想叫，不，是唤，轻轻地唤，唤出她的名字，再告诉她这一段真实离奇的少年恋情。

可不知为何，看到埋头苦读的她身旁那个浓眉大眼的男孩儿，温和地递给她饭菜，我竟如鲠在喉，一句也叫不出来。她捋了捋额前汗湿的发，侧首接住，我却猛然转过头，穿过门旁楼道，急急消失了。

空无一人的过道里，我一个人哭得歇斯底里。那么多天的困苦思念，那么多夜的伏案静写，那么多烈日下的徘徊等待，硬是没能在她的生命里激起半寸涟漪。或许，她压根儿就不曾知晓，在她的身后，有着那么一个执着不舍的傻男孩。

少年的恨，与少女一样，疾走如风，毫无依据。

我心里有了咒骂，我开始诅咒她此次考试失利，这样她必然会返转这个学校继续读一个高三。至于在哪个班，这没半点疑问，当然会与她妹妹一起。

高考的那些天，我满心满腹都是那片乱红，本是幽静的心湖，因为她的出现而不平，而狂涌，而电闪雷鸣。录取通知张贴的那天，我第一个赶到了学校，庆幸与遗憾并存。重点大学的题名榜上赫然写着她的名字——艾蒙蒙。

我站在校内的电话亭旁，插上卡，毅然拨下了那串号码。至少，我该为她表示祝贺。

同桌与我开了一个不大不小的玩笑，她给我的那串号码，竟然是个空号。

7月的暖风从不知名的绿树中摇曳而来，吹落了一地夏花，吹打得衣袂哗哗轻响。仿佛，回到了那些个跟随她脚步轻踏自行车的午后。

仿佛终究是仿佛，我知道，我与她，几乎是不可能再见面了，时光正如《蝶恋花》中的一句："泪眼问花花不语，乱红飞过秋千去。"可少年的心事，很多时候，其实比少女的更易自伤，虽像乱红一般翩然而来，却无法再淡然消逝。

选自《语文报》2012 年第 33 期

暗恋终归是一个人的事情，一个人追逐，一个人热闹，一个人伤心。可是，暗恋最后的唯一结果是自己的迅速成长，恐怕这是青春中最有意义的事了。

车夫不能上高速

文 / 雪炘

全部依靠自己，自身拥有一切的人，不可能不幸福。

——西塞罗

一

刘墨是我搬到西安后，认识的第一个朋友。

初闯社会，生活一时没着落，朋友介绍认识他。他开了一家不大不小的饭店，听说还写网络小说，一见面，果真长了一张文艺青年的大厨脸。

他的店和我住的地方离得不远。

他说，工作可以慢慢找，人总要吃饭的，于是，伙食被他全包了。如果我一顿饭没去，他必定打电话来催，甚至自己打包送来。起初不好意思，可没过几天，就被他的热情和真诚打动，和他熟络起来。

我常打趣说："你是个好孩子。"

他立马阻止说："千万别，我最害怕有人说我好，因为接下来一定是，你会找到更好的。"

我哈哈大笑。

有一天，他突然问我，你知道谢欣吗？

我一时间头脑打结，想了半天才说："记得有个高中同学叫谢欣。"

他说："就是她。"

他和我们不是同级，又不在同一学校，我便有些好奇，问："你怎么会认识她？"

他说："你们高中毕业那年，我已经考到了二级厨师，在新城一家饭店的后房当大厨，她暑假来做服务员，我们就认识了。"

他顿了顿，又问："你现在和她有联系吗？"

我一边扒饭，一边说："基本没有，只听说她要结婚了。"

"哦。"

他像瞬间不慎跌入悬崖一样，声音沉寂而又落寞。

我抬起头，问他怎么了？

他默默掏出一支烟，摸出打火机，凑到嘴边，又顿下来，看看我，说："闻烟味对身体伤害更大，我出去抽。"

二

没过多久，我就在附近的郊区碰到了谢欣。她未婚夫叫郝勇，父亲开了家工厂，他是唯一接班人。

两人在西安新开发的市区里，买了房子，准备结婚。

回来刘墨问我："她未婚夫是不是个子不高，而且很胖？"

我说："你怎么知道？"

他一脸自嘲，笑着说："有钱人的象征啊，符合她的要求。"

从此，我们谁也没再提过这茬，只是我莫名其妙地就和谢欣联系多了。我们的关系还跟上学那会儿一样，能看到对方的一切，却不深入彼此的内心。

刘墨问我："中秋怎么过？"

我说："写稿子啊。"

他说："我知道有一家火锅店特别好，老板我认识，晚上收工带你去。"

晚上他一打电话，我就匆匆下楼，我们还没走出巷子，就碰到了谢欣。

她问我们去哪儿，我说去吃火锅，她问能不能带上她。我看到刘墨脸上的肌肉在抽动，却始终不说话，也不看她。

我假装自在地说："好啊，他请我，我请你。"

一进火锅店，刘墨先叫了二锅头，谢欣急忙说："刘墨你不能喝酒！"

他扭头不看她，月亮明朗地挂在树梢上，仿佛随时都会掉下来摔碎。

这顿饭吃得十分煎熬，我努力找话题，刘墨使劲给我夹菜，谢欣却一口没吃。一直到凌晨，刘墨喝醉，我也吃吐了。不知道他住哪儿，我和谢欣索性将他扶回我家。

他贴在地板上，我俩坐在床上，谢欣哭得一塌糊涂。原来郝勇性情随父，在外风流，有劈腿的迹象。

我说："他现在就乱搞，结婚还得了？"

刘墨在梦里猛然吼了一嗓子："谁敢这样对你，先从我身上踏过去！"

三

刘墨后来告诉我，他和谢欣有过一段，那时候他还很穷，给不起她想要的，也就不敢有太多的表示。

在他心里，只有能给她富足的生活，或许才配得上那个爱字。

他连她的手都没碰过，不是不想，而是觉得不能。一天晚上她瞒着家人，去了他住的地方，他竟然跑去厕所，蹲了整整一夜。

她很生气，回去后就不再理他，他也不知道该怎么哄她。

他们分手了，他没日没夜地喝酒，到处耍酒疯，连领导都躲着他。后来喝进了医院，出院时，被告知不能再喝酒。

已经四年多没联系了，他还是喜欢她，心中总存在着一丝侥幸。知道她要结婚的时候，他的梦彻底碎了，剩下的只有祝福的权利。只是他没想到，她还会出现在他面前，却因为另一个男人而哭泣。

谢欣大学没毕业就跟了郝勇，毕业也没找工作，直接进他家工厂做了少奶奶。现在发生这种事，她也不愿意回去，刘墨就留她在饭店帮忙。

两人的关系，从尴尬到一起打闹，刘墨的脸上开出了花。

有次我去吃饭，碰到郝勇进来，问我谢欣是不是在这里。我支支吾吾半天，跑到卫生间，给刘墨打电话。

我出来，刘墨已经站在大厅，两人四目相对。

郝勇说："你就是老板？我老婆呢？"

刘墨没说话。

郝勇说："你这里明着开饭店，暗地拐卖妇女儿童啊。"

刘墨不吭声。

郝勇说："快把我老婆交出来，不然你这饭店得关门……"

刘墨一拳打上去，说："你老婆没了，你来问我要，你要像个男人她能跑吗？"郝勇看不是他的对手，连滚带爬地往后退，最后留了句"你给老子等着！"

我担心地看着刘墨。

刘墨低下头，说："我不怕他再来找我，也不是要什么结果，我就是不愿意看她被欺负。即使我知道，重来的可能性几乎没有，可我还是想这样做。"

四

我永远记得那个深秋的中午，我们正在吃饭，郝勇带着人来闹事。刘墨到大厅阻止，郝勇说，有本事我们出去单独谈。

我们都劝刘墨不要去，他是有备而来的，这一去肯定凶多吉少。

刘墨在我耳边说，不要紧，别忘了110是干嘛的。

他径直上了郝勇的车，我和谢欣拦了辆出租车，一路狂追。只见他们的车拐出三爻，沿着长安南路直奔北面，而后又疾驰于南三环，最后直接上了绕城高速。

谢欣惊呼，这郝勇要干吗？！

司机问，跟不跟？

谢欣说，跟！当然要跟上！

司机说，那得加钱，我只在城里拉人。

谢欣一跃而起，不是还没出城吗？

司机一脸严正，说，你怎么保证他不会出城呢？

眼看郝勇的车就要消失在视野中了，谢欣只好愤愤地说，我按计程器上双倍给你！

司机这才奋起直追。

客车道上，他们的车如箭穿梭，司机也只得加速前进。

限速80，司机的速度表指针始终在75浮动。谢欣盯着前面，不住地跟司机说：

大哥，麻烦你开快点。

大哥，你再快点啊。

大哥，再不快点就得出人命了。

大哥……

"再快就真的出人命了！"

司机将车转入休息车道，果断地停了下来。

司机说，我不去了，你们要去就重新打车，我不冒这样的险。

谢欣急忙说，这里怎么打车啊？你行行好，我们加钱还不行吗？

司机说，这是要命的差事，给多少钱都不能干啊。现在这样，要么你们结账下车，要么我把你们拉回去再结账。

相持不下，经过多方面考虑，我们只好下高速回去。

在刘墨的店里，谢欣一直给他俩打电话，从不接打到关机。她差点急哭了，一遍又一遍问我，你说不会有事吧？我安慰她说，不会的。

黄昏时分，刘墨鼻青脸肿，跌跌撞撞地走进来，我们急忙上前去扶。

店里乱成一团，有的拿冰袋帮他敷，有的去炖补汤，有的打电话叫救护车，只有谢欣抱着他哭。

五

刘墨在床上躺了个把月，谢欣一直照顾他，郝勇没再出现。他始终不肯说那天到底发生了什么，我们也不好再问，事情就那么不了了之。

或许我们都不约而同地明白，生活从来不需要了解过去，在那么长的岁月里，我们只在乎身边是不是有自己最爱的人。

我们都在默默祝福他们，希望有一天，可以看到满园春光。

就在这时，郝勇再次闯了进来，手捧鲜红色的玫瑰，跪在谢欣面前，他说他知道错了，他不能没有她。

谢欣虽没说话，却从此和刘墨尴尬起来，让他对她不要那么好。甚至找借口说要回去看妈妈，就离开了西安。

最终，她还是回到郝勇身边，邀请我去参加婚礼。

她跟我说："这个世界很现实，就像我们那天上高速，司机开口就要加钱。"

我点点头，说："我明白。"

我始终没提谢欣要和郝勇结婚的事，但刘墨还是知道了，可他很平静，和我们一起帮谢欣准备结婚的东西。他忙前忙后，十分活跃，让人误以为他就是新郎。

婚礼当天，刘墨身着黑色西服，领带扎得整整齐齐。谢欣披上嫁衣，坐在床上，我们一帮女孩子顶着门管郝勇要红包。从 101 到 1001，再到 10001，郝勇只得一一答应。还有人继续涨价，郝勇说："好姐姐们，我没带那么多钱啊，你先让我把新娘接回家，我回头打到你们卡上还不行吗？"

屋内一片哗然，七嘴八舌喊着："我们不要空头支票……"

一直看我们闹，却始终沉默的刘墨，终于开口，说："没带钱不要紧，心总带了吧？你能把一颗心完完整整给新娘，我就让你把她带走。"

在刘墨孤寂落寞的眼神里，我看到了他的内心独白：

从认识的那一刻，我就把整个心给你，让你紧紧握着。我以为，没有比我更爱你的人了；就算真有那么一天，那一定是我死了。而我不能死得太早，因为我总担心，没有人会像我对你那么细致入微。

我多想把你紧拥在怀中，又怕抱得太紧，让你喘不过气。

你是最特别的乘客，而我只是个车夫。我跟着你的意志，调整自己的方向，哪怕已经走出属于我的城。可你在中途毅然转车，豪华轿车在等你，就此上高速。我知道自己不可能再追上你，所以在你上车之前，我想努力再送你一程，因为恐怕此生都不会再有这样的机会了。

你有权利选择幸福的方式，我还得小跑求生，只想在最后说一句：

祝你幸福！

六

忙了一阵子，我搬家，刘墨电话打不通。春节后上网，他发消息说："我也不在西安了。"

我说："那你在哪儿？西安的饭店呢？"

他说："我现在在新疆，开了个小饭馆。"

我打趣说："怎么去新疆了，泡妞啊？"

他说："是泡到妞才来的。"

我自是认为他在开玩笑，也就没多问，直到几个月后，猛然看到他空间更新了相册，名为"我的胖妞"。打开来看，里面全是同一个姑娘，当然也有他。他依旧文质彬彬、沉默，姑娘肉嘟嘟的，在他身边笑靥如花。

我突然想起谢欣，进她空间才得知，她怀孕了。但个性签名却是：在一个女人最需要你的时候，你没有出现，那你就再也没有出现的必要了。

之后，不断看到，她对现在生活的不满。

其实她说得对，这个世界很现实，就像我们那天上高速，司机马上要加钱。可她却忘记了后面的，比金钱更重要的是生命，所以无论你有多少钱，都无法到达目的地。

后来跟刘墨聊起胖妞，他很是悠然自得，跟我说："她回眸的微笑，是那么美，那么纯，让人觉得，谁这辈子若辜负了她，一定会遭天谴的。"

我不由得展开笑容。

胖妞是个实习生，性格开朗，经常叫我去新疆玩。有一天，我忍不住问她："刘墨最打动你的地方是什么？"

她想了一下，说："他让我很安心。在我任性时，他说不需要我体谅他，他会陪我长大；在我们吵架时，他会紧紧抱着我说，不会离开我。"

我们真的会找到更好的，不是更好的人，而是以更好的方式去爱别人。曾经用生命爱过的人，在将心抽离之后，反倒会变得更加明朗和勇敢。从而，对生活的态度开始变得朴素。而再面对爱情时，却更懂得欣赏、体谅和包容，并愿意与其一起成长。

世界上没有完全对的那个人，只有在珍惜中，将爱磨成习惯，连争吵都变得甜蜜的两个人。女人最怕的，不是你现在一无所有，而是始终看不到你的方向和决心。

刘墨都明白了。

也会有人跟你说：我不想跑了，你就是我的终点。

选自《新青年·珍情》2014 年第 7 期

有些人走着走着就停下了，有些是因为累了，可是大部分是因为遇到了那个可以依靠的人。你找到那个人了吗？

外遇的代价

文 / 刘墨菲

> 如果我不爱你，我就不会思念你，我就不会妒忌你身边的异性，我也不会失去自信心和斗志，我更不会痛苦。如果我能够不爱你，那该多好。
>
> ——佚名

曹正森有一个幸福的家庭，妻子赵月兰贤惠，儿子曹小伦也听话，学习成绩又很好。按理说，曹正森应该感到满足，可是，他在外面却有一个叫胡燕燕的情人！

对此，曹正森时常感到愧疚。虽然他很清楚，自己爱的是赵月兰，胡燕燕只是他生活中的一个点缀，可是，他又总是克制不住自己背着妻子去找胡燕燕。

这天傍晚，曹正森下班后，打了妻子的手机，撒谎说公司要加班，晚点再回去。挂掉电话，曹正森就钻进自己的小车，直奔胡燕燕的住处。

曹正森下车后，看到胡燕燕房子里的灯亮着，心想胡燕燕肯定是穿着性感的内衣擦了诱人的香水在等着他了。

来到门前，曹正森拿出钥匙，准备开门时，意外地发现门锁被撬坏了，轻轻一推，门就慢慢地开了。曹正森预感到有什么不好的事发生，果然，一进屋，他就吓呆了。屋里乱糟糟的，就像有人在这里打斗过一样，地板上还有未干的血迹。他声音颤抖着连叫了胡燕燕几声，可都没人答应。

曹正森连忙依次打开卧室、卫生间的门，都没看到胡燕燕。衣柜里放着的一些贵重的首饰和钞票也都不见了。曹正森突然明白发生了什么事——肯定是小偷以为屋里没人，就撬门进来，可进来后却看到了胡燕燕，于是杀了她。

　　但胡燕燕的尸体呢？

　　海里，一定是扔到海里了。曹正森抓住门把手，想拉开门冲出去，却突然看到把手上挂着一条金色的手链。曹正森的脑袋"嗡"的一声，整个人就像突然遭到电击一样，身体摇晃了几下，几乎跌倒在地。

　　这条手链他太熟悉了，这是结婚十周年时，他送给妻子赵月兰的。赵月兰的手链，怎么会在这里呢？难道是赵月兰发现了他和胡燕燕的事，杀了胡燕燕？

　　曹正森抓起手链，冲到屋外，来到海边。他想大声呼喊胡燕燕的名字，又怕被人听到，只能沿着海边细细察看。果然在沙滩上，他发现了胡燕燕的一只鞋和一个发夹。

　　曹正森不停地告诉自己要冷静，既然事情已经发生，一定要想办法应对。他反复地回想和猜测整个案件的过程：赵月兰悄悄地撬开胡燕燕的门，进去将她杀了，然后将尸体丢进了大海。

　　可胡燕燕的那些首饰为什么会不见了呢？赵月兰不是一个贪财的人，这一点，曹正森非常确定，肯定是赵月兰想给警察造成"入室抢劫"的误解。因为赵月兰过于惊慌，以致把自己的手链卡在门把手上都没有察觉。

　　想到这些后，曹正森连忙重新跑进屋，用纸巾擦掉门把上自己刚才留下的指纹，然后将手链放进口袋，钻进小车，绝尘而去。

　　第二天下午，本地的晚报在社会版上，报道了一则新闻——强盗撬门闯入西郊海边一名叫胡燕燕的单身女子的住处，该女子现在下落未明，警方现在正在全力追查中。

　　日子一天天地过去，事情朝着曹正森努力的方向发展：警察始终没有找到杀害胡燕燕的凶手，赵月兰也整日笑容满面。只是有时曹正森会感到有些奇怪，难道赵月兰杀了胡燕燕之后，竟没有感到一丝内疚和害怕吗？

一个星期后，意外的事发生了，这天是曹小伦高考完的日子。傍晚，曹正森和赵月兰准备了一桌丰盛的晚餐，等待儿子凯旋归来。晚餐刚一做完，电话铃声骤然响起，曹正森拿起听筒一听，顿时惊得目瞪口呆。赵月兰疑惑地问发生了什么事，曹正森喃喃地说："儿子高考失败，自杀了！"

两人忙赶到医院，见到了脸色惨白的曹小伦。他手腕上缠着胶布，虚弱地躺在床上，旁边站着他的老师和同学。同学们告诉曹正森夫妇，今天下午在考场上，所有考生都在专心答题，突然"扑通"一声巨响，所有人扭头过去，看到曹小伦从桌上晕倒在地。考官连忙扶起曹小伦问他怎么了，曹小伦摇摇头说自己没事，接着他说要上卫生间，考官就扶着他去了，然后在外面等他。可等了好久都不见曹小伦出来，考官进去后，赫然看到曹小伦已经割腕了！

医生告诉曹正森夫妇，曹小伦可能是高考前压力太大了才会这样。赵月兰抽泣地说："孩子，你怎么这么傻啊，今年考不上，明年可以再考啊。"

曹小伦什么也没有说，只是呆呆地看着天花板。曹小伦出院后，一连几天夜里都被噩梦惊醒，发出恐怖的尖叫声。看到儿子还没有从高考失败的阴影中走出来，曹正森夫妇心急如焚。

这天傍晚，在下班回来的路上，曹正森想这个周末应该带儿子去看看心理医生了。这时，手机响了起来，曹正森接来一听，顿时就像遭到当头一棒，因为这个电话竟然是胡燕燕打来的，胡燕燕没有死！

胡燕燕开口说道："曹正森，你该不会把我忘了吧？"曹正森被吓呆了："你……你不是已经死了吗？"胡燕燕冷笑道："你是不是巴不得我死呢？哼，直到现在我才发现你爱的不是我，不过没关系，我爱的也不是你，是你的钱。明天晚上，你带上20万来郊区的海边，我在那里等你。否则，我就把你妻子赵月兰意图谋杀我的事告诉警察。"

胡燕燕没有死，这是曹正森无论如何都没想到的，而且她居然还要来敲诈他。20万对曹正森来说并非难事，可是他害怕的是胡燕燕会无休止地敲诈，万一有一天满足不了她，她就会报警。到时赵月兰肯定是要坐牢的，刚刚恢复的美好家庭会再次被她毁掉。既然你不仁，就别怪我不义，曹正森咬着牙想着，他决定在明天晚上把胡燕燕杀了，再扔到海里去，反正所有人都以为她死了。

　　第二天下午，曹正森下了班，开着车向海边驶去。一路上，曹正森紧张得不行，但为了赵月兰，为了这个家，他决心一定要把胡燕燕杀了。就在这时，手机响了，是赵月兰打来的。

　　赵月兰在那边紧张地说道："正森，快……快到医院来，儿子刚才又想自杀，幸亏被我及时看到。"曹正森连忙掉转车头直奔医院，快到医院时，手机又响了，这回是胡燕燕打来的："曹正森，限你一个钟头内带上20万到海边，否则赵月兰就等着坐牢吧。"

　　曹正森左右为难，但儿子的安危紧紧地牵着他的心，他决定先去看儿子。到了医院，看着一脸惨白的曹小伦正呆呆地躺在病床上，曹正森心如刀割地说道："儿子，想开点，明年再来！"曹小伦哆嗦着嘴唇，声音颤抖地说："我自杀，并不是因为我高考失败，而是因为我……我杀了人。"

　　曹正森和赵月兰面面相觑，愣住了，赵月兰声音颤抖地说："儿子啊，这话可不能乱说！"曹小伦看了一眼曹正森，说："真的，我杀了人，我杀了那个名叫胡燕燕的女人。每天晚上我都能在梦里看到她，她说她不会放过我的。我现在被她折磨得好难受啊！我考场晕倒，并不是考前压力大，而是被胡燕燕的鬼魂折磨得生不如死啊！"

　　"你……你杀了胡燕燕？你什么时候杀的？"曹正森怔住了，胡燕燕刚才明明还和他通过电话啊！

　　曹小伦点点头说："其实我早就发现爸爸和她的事了，我好怕她会来破坏我们这个幸福的家，于是那天傍晚，我带了根棍子，蒙着脸，撬开了她的房门。当时她正在听歌，根本没有注意到我进来，我一棍子朝她的头打下去。可我太紧张了，棍子只打在她的肩上，她就扑过来，和我纠缠在一起。说真的，开始我只是想好好地教训她，让她离开爸爸，可在和她打斗中，我太惊慌了，竟然把她打死了。当时我好害怕，待冷静下来后，我连忙用纸巾擦干净现场留下的指纹，然后把她的尸体扔到了海里。最后，我还拿走了她衣柜里的首饰和一些钱，让警察以为是小偷干的……我以为一切都已经结束了，可没想到，在梦里我总会梦到她的鬼魂过来找我，她就这样缠着我。我每天都受到良心的谴责，爸、妈，我真的不是有心杀她的。"

赵月兰突然惊叫道："那个蒙面人是你？"

曹正森和曹小伦愣愣地看着她，不明白她突然说出这句话是什么意思。

赵月兰搂住儿子，说："儿子，你听我说，你没有杀死胡燕燕，她没有死，她现在还活着。"

曹小伦愣愣地看着母亲，不明白她在说什么，曹正森更是呆住了，赵月兰怎么会知道胡燕燕没有死？

赵月兰叹了一口气，继续说："事到如今，这事再也瞒不下去了，其实你爸爸和胡燕燕的事我也早就知道了。那天傍晚，我也去找了胡燕燕，想跟她好好谈谈。可当我到了她那儿后，发现房锁被撬坏了，屋里乱糟糟的，地上还有未干的血迹，我以为是小偷闯进来杀了她。于是，我跑到海边去找胡燕燕的尸体，果然发现了她漂在海面上，我连忙跳进海把她救上了岸。她醒后问我是谁，我就告诉了她，她很感动，说为了报答我，她决定离开你爸爸。听到她这么说，我高兴极了。可我知道即使她离开了你爸爸，过不了多久，你爸爸也会再去找别的女人。当她告诉我，你爸爸待会就会过来时，我灵机一动，想了个办法，把我的手链故意卡在门把手上，然后把胡燕燕的一只鞋和一个发夹丢在海边。我答应给她一笔钱，让她离开这里，而让你爸爸以为是我杀了她……受到这次惊吓后，我相信你爸爸不会再去找别的女人了。可……可我实在没想到，胡燕燕说的那个蒙面人居然是你。"

"我没有杀人？真的吗？"曹小伦惊喜地叫道。

赵月兰点点头，说："儿子，放心吧，你真的没有杀人。"

顿时，曹正森明白了一切。不过他太了解胡燕燕了，为了钱她什么都敢做。虽然当时她被赵月兰救后大受感动，并声称要离开他，但现在她的钱花完了，就想来敲诈他。现在一切都清楚了，这事也就好处理了。好险啊！他差点因此而成为杀人犯！

曹正森搂住妻儿，动容地说："老婆，儿子，请原谅我，因为我的私欲，差点毁了这个家，我发誓以后我会全心全意地爱你们的！"说完，曹正森掏出手机，拨打了110……

选自《故事林》2014年第14期

人总因喜欢苹果而放弃了手中拥有的桔子，可后来发觉原来苹果也不过如此，还不如桔子好吃。于是把责难都归加在苹果身上，后悔自己的选择。所以若是有可能，有些人或事情一定要用所拥有的，竭尽全力地去维护。

有些秘密经不起风吹

文 / 夏丹

真正的爱，在放弃个人的幸福之后才能产生。

——列夫·托尔斯泰

一

宁小纤说，你长得真像我大哥！我一脸自豪地对着旁人笑笑，问，你大哥几岁？有我这么成熟帅气吗？

我知道自己不帅，这么问，无非是和那些心中自卑又喜欢大声喊叫"我是最棒的"人一样，寻找一些言语上的慰藉罢了。当然，宁小纤也不漂亮，虽然生得唇红齿白，但总觉得缺了些动人的气息。

我哥今年27岁，你呢？我差点把刚灌到口里的可乐给喷出来。27岁？什么概念，比我大了整整8岁！8岁啊，差不多是一个时代的距离了。虽然我平日爱写点文字，思考些问题，长了几根智慧的白发，但也不至于有那么老吧？我问她。

差不多，呵呵，不过，只是我的个人感觉。

我扛着宁小纤的行李，上气不接下气地问，老乡，请问你这箱子里装的都是什么啊？怎么那么沉？你不会是把从小搜集的雨花石都一并带过来了吧？

她莞尔浅笑，哥，你慢点儿，别摔着！我愣了一下，四处搜寻，确定周围无人后，才受宠若惊地应了一声嗯。

从那以后，宁小纤不管什么场合，见到我都是叫哥。同寝的哥们都问我，什么时候收了个林妹妹，我说，别瞎扯，让我远在他方的女友知道了，这事就闹大了！

我跟宁小纤说，以后你就直呼我名吧，我不介意，叫哥不太习惯。毕竟独生独长了那么些年，还没听谁管我叫过哥呢。一夜之间，忽然多了个妹妹，有点不太适应。

谁知，她听我说了这话之后叫得更加凶猛了，偶尔，在环形操场上碰到她，隔着将近一百米的距离她就开始叫我哥，远远地喊，直到我应声为止。有时我生气了，不想理会她，独自拍着篮球。她便呼哧呼哧地奔到三分线处，一面看着我投篮，一面叫我哥。

我说，我求你了，宁小纤，你别叫我哥行不？我真受不了。我这假哥和你那真哥可相差了整整一个世纪！

她不依不饶，仍旧叫着。她说，我之所以拒绝她这么叫是因为不敢面对现实，或者是还没有完全品尝到多一个妹妹的甜蜜生活。我说，我过惯了苦日子，皮子有点贱，你要真让我过甜蜜生活，倒让我联想起古代有这么一个规矩，临刑前，刽子手都要给犯人一顿饱食，一碗美酒。

我的婉言完全没有影响到宁小纤的情绪，她认定了我是她哥，她说，和我在一起时她的内心总会无比踏实。这种感觉，之前只有和她哥在一起才会出现。

二

我真当了宁小纤的大哥。

自从她说要让我感受甜蜜生活的那天开始，我的皇帝生活便倏然来临了。她把我所有打篮球时穿得汗迹斑斑的衣物都洗净叠平，亲自送到宿舍楼下；考试前那一段紧张备战，她第一时间将可口的饭菜送到自修室给我；

她将公共课老师勾出的重点笔记输入电脑，打印给我，让我重点复习；她做我小说的第一位读者，并帮我修改疏忽导致的错别字……

我承认，我败在了她的糖衣炮弹下。说实话，就连相恋几年的远方女友都未曾对我这般体贴过，如何不叫我怦然心动？

宁小纤经过一番精心部署，确定感情稳定之后，开始了她的回收计划。她说，做哥也是有责任的。说这句话时，我正吃着她送来的喷香火腿炒饭。我瞪大了眼睛问，什么责任？你不会要我给你开工资吧？

我才没那么庸俗呢！我现在还没想好，等我想好了再告诉你吧！她狡黠地看着我道。

等等！这句话似曾相识！这不是《倚天屠龙记》里，赵敏对张无忌所说的话吗？你想怎样，你直接说，要什么价钱，一位数以内的，你随便开就是了。我一面将剩下的饭菜拼命往嘴里送，一面鼓着腮帮豪爽地说。

但事情并不如我想象的那般单纯，宁小纤第一次给我的任务就颇具挑战性。夏夜，学校管道整修，停水一晚。她在女生寝室六楼给我打来电话，要我帮她提两桶水过去。我说，宁小纤，不光你们寝室停水，我们寝室也一样，你让我从哪儿去给你弄两桶水来？

教职工宿舍里并没有停水啊，你大可到你们任一老师家里打两桶水过来。我就不信有哪位老师那么小气，两桶自来水都舍不得。宁小纤在电话那头理直气壮地与我争辩。

想想她翻山越岭地给我带炒饭，早餐，我把这口气给咽了。怪不得电影里说，出来混，迟早是要还的。看来，这话是说对了，天下真没有免费的午餐。

当我厚着脸皮与宿管阿姨磨蹭了半天，穿着背心，大汗淋漓地提着两桶水抵达六楼时，宁小纤早已在楼道口久候多时。我说，姓宁的，你可真够毒的，两大桶水，你一晚上能用完吗？明天就来水了，你都等不了？你非得一次性弄死我？

她将攥在掌心里的手帕递给我擦汗，我说不用！都什么年代了？估计生产手帕的那些厂家都倒闭了吧？你还那么执着地用着他们生产出来的手帕。

我从兜里掏出一盒纸巾，在宁小纤面前甩了甩，问，这是什么见过吗？这叫纸巾，便宜实惠，用完即扔。再者，我也不敢用你那手帕，谁知道用完之后你会不会让我重新再给你买上一条？要知道，这东西跟古代丝绸一样，都可以陈列到博物馆去了。

三

站在女生宿舍六楼，不顾一切形象地擦完大汗，正欲离开之时，从宁小纤对面宿舍里突然蹦出一个骨感女生，眼神飘忽地道，小纤，你可真好福气啊，找上一个这么高这么体贴的男朋友！

嗨，嗨，怎么说话呢？什么叫这么高，这么体贴呢？你少了一个非常关键的形容词，那便是帅！再者，我也不是她男朋友，我是她哥！

我故意把哥字拉得很长很响，宁小纤附和着说，是的，他是我哥。接着走上前，连个谢字也没有，死命提着两桶水，一晃一晃地进宿舍去了。

我和那女生面面相觑了几十秒后，悻悻地下楼了。我说，宁小纤，你以后有什么事儿别再来找我！

还没到宿舍，宁小纤便打来电话，哽咽地问，你觉得当我哥很委屈吗？我顿时心软，安慰她说，没有，绝对没有的事儿。

她说，哥，过些天我生日，你送我条手帕吧，其他的我都有了，我只想你送我一条手帕。我笑道，要求不高，但估计是很难买到，所耗费的人力物力综合算下来，不比一条金腰带便宜多少。

尽管我这么说，生日前天，我还是特意轻装出行，决定为她寻一块别致的手帕。很可惜，我逛了很多条街，抽了几包香烟，仍不曾看到有哪一家店铺出售手帕这种古物。我问宁小纤，是不是真要到古董店才能买到？

她沮丧地回我，若实在找不到，随便买一件礼物算了。

我很努力地坚持逛了几条街，结局还是一样。最后，我在一家店铺挑了一条面积最小、身型最薄的素色毛巾作为礼物。我想，这和手帕也没多大差别了吧？

四

临近毕业时，宁小纤说，她有最后一个要求，她想见见我的女友。

她提出这个要求之后，我顷刻一身冷汗。女友是那种见风便是雨的小女子，要是让她知道我在这里为另外一位女生提水，买手帕，估计我的阳寿也将至尽头了。于是我坚定地告诉宁小纤，这个要求我无法做到，因为这已经触犯了江湖道义。

虽然我从未想过要与现在的女友白头偕老，但也不想就此天涯。我说宁小纤，你该恋爱了。以前有我这个哥烦扰着你，以后你可怎么办呢？

她慷慨地念，杀了夏明翰，还有后来人！我说，行，到时要真有了后来人，你得介绍给我认识一下啊，万分期待呢。

但事实并不如我想象的那样，直到我收拾行李的那一刻，宁小纤仍旧没有寻找后来人填补我的位置。她说，我太过于庞大，一般人坐不了我的位置，她得好好挑挑。

离别前，我邀了诸多朋友，痛痛快快地打了最后一场校园篮球赛。宁小纤从始至终都安静地站在角落里，左手握着一瓶澄明的矿泉水，右手紧捏一块粉红的手帕。

我刚下场，她便迎了上来，举起手帕为我擦汗。我以最快的速度躲开了，从篮球架下的外套里摸出一包餐巾纸，在她面前晃了晃。她笑笑，尴尬地将手帕收回。

其实，那一场比赛之后，我恍然明白了些什么东西。只是，我离它太过遥远，已无法追赶。

我相信宁小纤根本没有看清那一场篮球赛的经过，因为我每次投篮后回头，都见她眼里泛满了泪水。我想对她说，宁小纤，我们就此别过吧，你该去追寻你的爱情。但是，又觉得这样的话太过于唐突，毕竟，她从未与我许诺过什么啊。

　　拿到火车票之后，我第一时间给宁小纤打了电话，那头，呼呼的狂风将她的哭声全然掩盖。我说，小纤，赶快找个人代替我吧。不过，不要再叫别人给你买手帕了，那东西的确很难买。她说，我以后再也不会用手帕了，唯一的一条已经弄丢了。

　　我听得出此话的弦外之音，一个人在暗沉沉的入站口，握着电话，竟簌簌地掉起泪来。我暗骂，有什么可哭的？不就是一位路上偶遇的女孩儿吗？我为何要为她落泪呢？

五

　　一月后，我在一个南方小镇安顿，帮一家广告公司写文案，宁小纤与我顿时失去了联系。

　　远在他方的女友杳无音讯了几个礼拜后，忽然给我发来一条无关痛痒的短信，她说，她爱上了别人，我与她的距离太长，给不了她必要的温暖。我回了短短三个字，祝福你。接着，躲在公司的卫生间里哭得天昏地暗。

　　天知道，我曾有多么多么爱她，为她坚守单身四年，并来到她父母久居的这座小镇。如今，却落得如此下场。

　　我在网上收到宁小纤的邮件，她问我居住的地址，我告诉了她。然后说，我可能下月就辞职，这个城市已经没有让我继续停留的理由。

　　几日后，在宿舍门前收到一个快递。打开，空旷的盒子里安放着一块粉红素雅的手帕。记得宁小纤说，她唯一的手帕丢了，是的，丢在我的掌心里了。

　　我刚从盒子里拿起它，呼呼的风就扑了过来，像几十天之前的离别，干扰着我的视野。被风展开的手帕上，赫然显现出几个淡蓝褪色的字体："哥，你是我的秘密。"

我不清楚宁小纤将这句话藏过了多少岁月，才能将它洗到褪色，才能有足够的时间来鼓足勇气，将这个秘密曝露于天光之中，用双手举上我的额头。

握住这块手帕，顿时想起宁小纤在六楼楼梯口等我的那夜，以及那最后一场篮球赛。原来她的目的，并不是那两桶用跋涉换来的自来水，也不是那场平淡无奇的篮球赛，而是想把那块唯一的手帕给我，诉出隐于心中的，让她寝食难安的秘密。

坐在明晃晃的秋阳中，我给宁小纤回了邮件。我说，我与你隔得太远，无法给你必要的温暖。

直到我写下这段文字，宁小纤都未再联系过我，她的秘密，已经有了结局。即便这样的结局不够完满，可照样能够让那段青春有个安心的收场。

很多秘密，就是只能枕于心中，一旦被风吹开，便注定要有终于，而终于，往往是再也找不到踪迹。

选自《可乐》2009 年第 5 期

是啊，有些秘密，只是为了让那段青春收场。那个喜欢过的男孩子，那个苦苦等待的结局，始终也没到来。就让我们记在心里吧，直到永恒。

海和鱼的秘密

文 / 一路开花

我见过你最深情的面孔和最柔软的笑意，在炎凉的世态之中，灯火一样给予我苟且的能力……

——七堇年

2003 年 3 月 18 日　春日斜阳

你不知道班里的同学都对我退避三舍，你不知道我有着多么严重的自闭情结，你也不知道，我有着多么惹人讨厌的脾气。当然，我原谅了你的莽撞和自作聪明。因为你不知道这些，就如同我不知道这个世界每天都有多少座城市在下雨一样合理。

你坐在了我的旁边，开始大快朵颐地吃早餐。你举着那个被咬过的煎饼果子问我，你吃过早餐了吗？啊？要不要来一口？

我摇摇头，算是回答你的问题，你说我真酷，侧面有点像金城武。我还是没有理会你，因为那时，我的自闭症已经到了无以复加的地步。

原来，你和我一样，也是个不爱学习的坏学生。转学后的第一堂外语课，你便像高雅的魔术师一般，从狭窄的裤兜里掏出了一个宽屏的 psp 游戏机。

你指着游戏机上的英文问我，知道是什么牌子吗？我摇摇头。你目瞪口呆地说，不会吧？真的不知道？看清楚了，S.O.N.Y，这你都不知道？

这次，我连摇头都省略了，面无表情地盯着黑板。结果，就因为 21

世纪我不知道这个英文，你硬给我取了一个特别具有历史意义的绰号，元谋人。

我知道元谋人生长的年代，那是遥远的 170 万年前。

后来，有人告诉你我患有严重的自闭症。你不但不心生畏怯，还经常有意无意地逗我说话。我一直没告诉你，我的鼻子很好使。如果你不信，我可以告诉你，我坐在座位上纹丝不动，也能闻到你早上擦过的唇膏的气味。

终于有一天，我心血来潮，和你说了高三生涯的第一句话。我斥责你，不要每天都擦草莓味的唇膏行不行？你只有一支唇膏吗？

结果，因为我的这句话，你和前排的四眼田鸡大吵了一架，原因是你将满嘴的煎饼果子都喷到了他的脑袋上。更要命的是，你不知道他的座右铭是"头可断，发型不能乱；血可流，皮鞋不能不上油"就算了，还一面打着对不起的旗号，一面手忙脚乱地拨弄他的头发。

最后，你嚷嚷着说了一句，哇，你头顶上有好大一块疤，那儿没长丁点儿头发！

班上的同学被你逗得前仰后合。当然，我也笑了，那是我十七岁的第一个笑容。

2003 年 6 月 21 日　流光遍野

期末考试，你得了全班第一。站在讲台上发言的你，忽然让我觉得无比高大。虽然你的身高只有一米六，但从那以后，你在我心里的光辉形象，绝对绝对超过一米八。

直到那天，我才知道你的名字叫秦雨天。

下台后，你一个劲儿地朝我显摆，元谋人，姐姐我厉害吧？一来就坐了你们班的第一把交椅。要知道当年俺和一帮兄弟在梁山，宋江都没现在的我爬得快呢！

暑假，我独自躺在卧室里看电视，不知你从哪儿弄来的号码，竟打来问我，元谋人，你出来吧，大伙儿都在等着你呢！

我去了，我虽然自闭，但也不喜欢扫大伙儿的兴致。既然你们叫我了，能想起班里还有我这么个人，我心里多少还是有些高兴的。

结果，我只看到你一个人。不用问你也会这么跟我解释：我从前的绰号就叫大伙儿，大伙儿就是我，我就是大伙儿。

你知道吗？那是我生平第一次和异性同学单独逛街。

你说我的话实在太少了，得找个方法改变改变。

你在马路旁的公用电话上按下了几个号码，而后将电话递给了我。我刚把听筒凑在耳际，那头便有人严肃地问我，请问你有什么需要帮忙的吗？

我说没有。他又接着问，那你有什么事儿？我接着还说没有。

片刻后，他喘了口气，说了一大串批评我的言语，还污蔑我妨碍司法公正。我怒气冲冲地和他吵了半天，喋喋不休地重复电话不是我打的。弄了半天我才知道，你打的并不是什么好朋友或者搬家公司的电话，而是报警电话110。

我生怕别人查出我所在的位置，拼了命地往人群里跑。你在身后一直朝我狂喊，元谋人，我摔倒了！元谋人，我摔倒了！其实你根本完好无损，你不过想要我停下身来，回头看你。

秦雨天，你知道吗？自从十五岁之后，我就再没说过那么多的话。

新学期语文课后，老师布置作业，让抄写新教授的古文五遍。

我伏在台灯下，一觉睡到半夜，醒来才发现自己的作业尚未开始。于是睡眼惺忪捏着钢笔，乱画一通。

接到分发下来的作业本时，你正朝我滔滔不绝地灌输江湖义气的概念。我说，你那么喜欢讲义气，就先把我的事情搞定吧！

你翻开作业本一看，顿时哑口无言。语文老师用鲜红的钢笔在末尾批注了两个振奋人心的字眼：重做。

我偷着乐坏了，庆幸终于捡到了一次大便宜。岂料第二天，我竟被叫到了年级办公室。正当我莫名其妙百思不得其解时，班主任将我的作业本扔了过来。

原来，你在语文老师批注的"重做"俩字下面又坚定异常地加了另外两个字——"不做"。

2004 年元旦　人声鼎沸

因为你的恶作剧，一向低调的我受到了有史以来最严厉的批评。我的坏脾气迫使我将你的语文课本烧毁，并将所剩的灰烬一片不漏地放进你的白色背包。

我们彼此陷入了不可解开的僵局。

你从原有的座位上搬离，进入了全班最好的贵宾区域。我悄悄算过，我们真正的友谊，仅仅维持了185天。

我重新回到孤独的世界，一个人上课，放学，吃早餐，无所事事。我看到你和贵宾区域的高材生们聊得火热，心里有种难以言明的怅惘。我暗笑自己，这有什么值得伤怀的呢？不就是一个秦雨天吗？那么多孤独的日子我都过来了，难道还怕之后那些所剩无几的时光？

事实上，我的确无法适应现在的生活。我已经开始学着吃早餐，因为你说过，不吃早餐的现代人迟早会变成木乃伊。我已经会说一些简单的字眼儿，是，不是，对，或者不对，因为你曾在无意中提及，你最讨厌沉默寡言的男生。

秦雨天，你知道吗？有时候我独自一人坐在空荡荡的卧室里，会忽然想起你的面容。偶尔，手握着听筒，按下你的号码后，却又忍不住在嘟嘟声传来之前匆匆挂断。

我想，我有点喜欢你，可这句话，我该怎么告诉你呢？是用日文法文意大利文，还是用玫瑰情书爱情卡？

只可惜，日文法文意大利文我不会，而玫瑰情书爱情卡，我又不敢送。于是，我只能选择继续沉默。

元旦联欢会上，不知是谁出的馊主意，竟然抽签玩起了真心话大冒险。晚上 20：45，我被拉进了人群中央。

去年跟你吵架的四眼田鸡在人群中兴奋地问我，嘿，大家都知道你有严重的自闭症。那么请问，自闭症先生，你有喜欢的人吗？请你如实作答。

人群忽然一阵躁动，我该怎么说呢？在这样的场合之中，我是不是应该勇敢一点儿，大声说出你的名字？

我从来没有真正勇敢过，包括今天，我自己都觉得自己在人群中窘迫得有些丢人现眼。最后，是你站出来替我解了围。你说，既然他是一个自闭症患者，又怎么可能会有喜欢的人呢？

秦雨天，你错了，真正自闭的人，往往更加懂得如何酝酿心中的情感。

2004 年 6 月 25 日　暖风微醺

听说，你考取了重点大学。我终于可以凭借这个小小的理由，给你送上一张有着草莓味的贺卡。

这张小小的贺卡，终于使我们冰释前嫌，你在收到卡片的当天下午就嚷嚷了，那么多人送的卡片，只有我的只字未写。我说，千言万语尽在不言中，不言，才是最真的心。只可惜，你不明白我这句话中的隐喻。

晚上，我参加了你组织的 party，狂欢过后，我送你回家。临近你家门的路口，你转身问我，你知道海水为什么是蓝色的吗？

我笑笑，用一本正经的态度告诉你，海水之所以是蓝色，第一、因为阳光无法照到五千米以下的海域，那儿，是永远伸手不见五指的黑暗；第二、因为阳光进入海面，会经过无数次折射……

我尚未说完，你便笑了，你说我傻，海水之所以是蓝色，完全是因为鱼。无数的鱼生活在海里，它们每天都说同样一个咒语：blue，blue，blue……这些千年不变的咒语，便使全世界的海水慢慢变成了蓝色。

你知道吗？我当时真想问你，如果喜欢上一个人，每天都念叨她的名字，那么，她是不是就会像海洋接纳游鱼一般，让你住进她的心里，且变成你梦里的颜色？

　　我没有问你，因为我不是自由的鱼。像你这样成绩优异天真无邪的女孩，说什么也不可能喜欢上一个前途黑暗注定落榜的自闭小子吧？

　　我不打算送你，因为我知道，在另一个繁华的城市里，你很快将会把我忘记。

　　归来的路上，有人在喧闹的 KTV 里唱周传雄的《冬天的秘密》："如果我说我真的爱你，谁来收拾那些被破坏的友谊，答应给你比友谊更完整的心……"

　　这篇六月的日记，我已无法再写下去。我一直在想，要不要告诉你卡片里的秘密。寻思了半夜，还是决定将它埋葬在大夏天的阳光里。

　　如果，如果有那么一天，你撕开了卡片的外层，看到内里，那你一定会读懂一个自闭的少年的心。当年，我有多么多么喜欢你。

　　我想，你永远都不可能知道这个秘密。

　　此刻，乌云像一面悲伤的旗帜，隐匿在我们的离别之后。闪电烧毁了两棵互相拥抱的榕树，窗外，是迷蒙的汽车与行人。匆匆而过的你，永远不会知道思念为何物。正如你不知道我想你，就像这世界每天都有一座城市会下雨。

选自《新青年》2010 年第 6 期

> 　　我在想，性格真的可以互补吗？沉默的男孩子心里，似乎住着的总是大大咧咧的女孩子，即使后来真的错过了，那也值了。因为，自闭的他遇见开朗的她，便是青春的全部意义。

怀念青春，怀念同桌的你

果然，夹竹桃从春天一直开到了秋天，一朵花败了，又开出一朵；一嘟噜花黄了，又长出一嘟噜；在和煦的春风里，在盛夏的暴雨里，在深秋的清冷里，静悄悄地展露着独特的风姿。迎春花败了，它还开着；菊花黄了，它还开着……因了它的存在，院子里仿佛一直都在春天里。整个青春年少的时光，我就这样在夹竹桃的目光里走出走进，心里徜徉着温暖。

母亲的夹竹桃

文 / 一枚芳心

没有母亲，何谓家庭？

——艾·霍桑

"我喜欢月光下的夹竹桃。你站在它下面，花朵是一团模糊，但是香气却毫不含糊，浓浓烈烈地从花枝上袭了下来。它把影子投到墙上，叶影参差，花影迷离，可以引起我许多幻想……"读季羡林先生的《夹竹桃》，不觉想起母亲的夹竹桃来。

住在乡下的母亲，尤其喜欢养花。我家的小院，四季花开不断。

那年春天，邻居送给母亲一株夹竹桃，只有一拃多高，纤细瘦弱。我说这花肯定栽不活，太弱小了。母亲说不见得，夹竹桃没那么娇气，要不也不会从春开到秋的。

母亲找了一个小号的花盆，仔细把夹竹桃栽植好，放在院子里的背阴处，每天晚上，吃过晚饭，母亲都要去看一看那棵夹竹桃。母亲说白天要下地干活，但是晚上有空，一定要看看夹竹桃，夹竹桃知道有人关心它，会很高兴，就会努力缓过来的。

小小的我，惊异于一棵夹竹桃也需要人的呵护。母亲看着我充满疑惑的神情，摸摸我的头，笑笑说："这世间的万物，都是有灵性的，你对它好，它也会对你好的。"

夹竹桃在母亲的目光里，抽芽绽绿，夏天到来的时候，就长成了饱满的一盆。秋天来临，我对母亲说："这夹竹桃今年不会开花了吧？"母亲说，那要看夹竹桃攒够了力量没。

"没有力量就不会开花吗？"母亲总是让我好奇。

"嗯，就像小孩子，没有长大之前，是不会做出漂亮的事的。"我似懂非懂地点点头。

那一年直到冬天，夹竹桃都没有长出花苞，严寒来临，母亲把夹竹桃搬进屋里，放在向阳的窗台上。此时的夹竹桃虽然只剩下几片寥落的叶子，但那挺拔的身姿，分明像极了一位英气的少年。

第二年春天，母亲把夹竹桃栽植到一个大盆里，说："不用多久，夹竹桃就会开花。"我瞪大眼睛，却一点也没看到夹竹桃花苞的影子。

开学后，我很少关注夹竹桃，只有母亲，还是一如既往，在晚上去看看夹竹桃，说夹竹桃叶子长得很茂盛，说夹竹桃鼓出花苞了。

那一天放学归来，一进门就看到夹竹桃上面好像燃了火，走近一看，原来是夹竹桃开花了！我惊喜地呼喊着母亲，母亲说："有什么大惊小怪，是花，总是要开的。"

我不知道为什么母亲平时那么关注夹竹桃，而在它开花的时候却表现得这样"冷漠"。母亲说，夹竹桃今年会花开不断的，一直到秋天，它都会开。我观望着夹竹桃，它那火红的花瓣，像一团火，仿佛在展示自己为了开花、不惧风雨的决心。

果然，夹竹桃从春天一直开到了秋天，一朵花败了，又开出一朵；一嘟噜花黄了，又长出一嘟噜；在和煦的春风里，在盛夏的暴雨里，在深秋的清冷里，静悄悄地展露着独特的风姿。迎春花败了，它还开着；菊花黄了，它还开着……因了它的存在，院子里仿佛一直都在春天里。

整个青春年少的时光，我就这样在夹竹桃的目光里走出走进，心里徜徉着温暖。

许多年后的去年春天，母亲突然晕倒，再也没有醒来。而那盆夹竹桃，也在随后而来的夏天里，不知不觉地枯萎了容颜。

"夹竹桃不是名贵的花，也不是最美丽的花，但是，对我来说，它却是最值得留恋最值得回忆的花。"

选自《语文报》2015 年第 22 期

> 母亲每天都要看看夹竹桃，时刻关注夹竹桃的长势，这就是母亲。她只要每天能看到自己的孩子就好，她关心的只是我们每天过得好不好，并不期盼我们有什么样的回报。

那些流淌在岁月里的"私人定制"

文 / 琼雨海

幸福的家庭，父母靠慈爱当家，孩子也是出于对父母的爱而顺从大人。

——培根

一

记忆中爷爷最喜欢的事，就是在阳光暖暖的午后，搬一把老藤木椅，坐在门前串来串去地编箩筐。

爷爷的手很巧，也很有力气，藤条在他手里左右摆动，如同行云流水，不一会儿就编出一个伞叶状，然后爷爷把它们固定住，向上编起。别人都说爷爷编的箩筐结实耐用，因为爷爷是个认真的人，每次都亲自到深山里，选用最好的藤条。

路过的人常赞赏爷爷的身体硬朗，爷爷抬头，一只手遮住艳阳，乐呵呵地指着我说："有孙子孙女在，不敢老啊。"

见得多了，我就缠着爷爷教我编箩筐，爷爷总是说："小妮子家家的，学这粗活！"有一次，我趁着爷爷不在，学着爷爷的样子，握住藤条，编起来，还没弄两下，手就被勒红了，让我不得不放弃。

几天后，爷爷用细细的藤条专门给我量身定做了一个小箩筐，爷爷说：

"那天看到你想编箩筐，爷爷才想起，我家小妮子也到了可以挖野菜的年纪啦。"

我提起小箩筐，摸着那一根根细细的藤条，不知道爷爷深一脚浅一脚，为此走了多少山路，费了多少工夫。

放学的午后，我经常踩着树荫漏影的阳光，提着爷爷专门给我定制的小箩筐，给爷爷送来泡茶的"婆婆丁"。

后来，几次搬家，我都没有忘记带上它，每每看到，脑海里都会浮现出一个画面，爷爷坐在藤椅上，专注的神情，手下的活计那么娴熟，让我想起现实安稳，岁月静好。

二

父亲是一个性格深沉、情感细腻的人，他总是精心经营着我们的小家，呵护着家里的每一个人。

那一年冬天，天特别冷，我和弟弟都喜欢躲在屋里。家里没有什么玩具，实在闲得无聊，父亲就把家里的旧铁桶制成了一个简易的烤箱，把炉子烧得旺旺的，坐在炉旁，为我们烤地瓜。

父亲用自制的铁钩子，钩住一块块洗净的地瓜，挂在"烤箱"里，盖上盖子。不一会儿，烤地瓜的香味就飘了出来，我和弟弟叽叽喳喳地催着父亲。父亲笑容可掬地戴上厚厚的手套，翻动地瓜，淡淡的炉火映照着他的脸，映照着他新添的皱纹，早生的华发。

随着炉子里"吱吱啦啦"的响声，父亲把泛着微黄的地瓜拿了出来，顾不上初出炉的温度，给我和弟弟掰开了。看着黄黄的瓜瓤，我俩再也顾不上许多，一边吹着热气，一边吃了起来。自家种的地瓜，新烤出炉，有一种特有的香，香进心里，暖进胃里。

冬日的街头，买一块烤地瓜，捧在手中，便想起了父亲，如同捧住了父亲的温度，心自生暖。

三

一个烟雨蒙蒙的清晨，我和女儿来到预约好的"泥好"拉胚体验馆。

馆内面积不大，却十分干净，到处陈列着已完成的泥塑作品，气氛古朴而典雅，在这喧嚣的城市能有这样一抹宁静，亦是难能可贵。店主给了我们泥，让我们先自由创造，她说，怕等会专门教了之后，就失去了自己的创意了。

当我还在冥思塑什么的时候，女儿小声嘀咕："我要塑一个妈妈。"那我就塑一个新雨（女儿的名字），我想。

许久，正在我专心做的时候，女儿一把抓过我的泥塑，和自己的和在了一起。我的成果就这样被她的调皮毁于一旦，我正要生气，女儿天真地说："妈妈，你不是经常说我是你的'贴心小棉袄'么，我现在把'妈妈'和'新雨'和在一起，然后我们重新做。这样我们不就'你中有我，我中有你'了吗？"

没想到八岁的女儿能说出这样的话来，顿时，眼泪濡湿了眼睛。多了一层特殊的情感在里面，在接下来的上色、烤制过程中，我们都更加专注认真，生怕一不小心会让"对方"有一丝伤害。这不禁让我想起一首词：把一块泥，捏一个你，塑一个我；将咱两个，一齐打破，用水调和；再捏一个你，再塑一个我；我泥中有你，你泥中有我。

或许，这首词用在彼此关心的亲人身上亦是十分贴切。虽说，后来经过店主亲自教授的泥塑烤制后十分逼真，"妈妈"和"新雨"显得有些不合章法的稚嫩，可是，我们却更加喜欢这两件作品，欢喜之心视若珍宝。

随着时间的流逝，那些"私人定制"的物件已然陈旧，但是流淌在岁月里的脉脉亲情，却如同一片洒满阳光的湖泊，微风细雨，小燕呢喃，停靠着永恒的爱与眷恋。

选自《中学时代》2014 年第 7 期

家的温暖总是让人留恋的，慈爱的母亲，深沉的父爱。幸福浸透了我们的成长，丰美了我们的心灵。

转角咖啡馆

文 / 许家姑娘

结庐在人境，而无车马喧；问君何能尔，心远地自偏。

——陶渊明

忽然间，已攒下一帮老友。

忽然间，已沉淀出一片岁月浅滩在身后。

多年前，我混迹于一个论坛，一个报纸副刊的选稿论坛，叫"扬子文苑"。那时候，真是有激情，一天不上几次论坛就辗转反侧不得安。看自己的文章，也看别人的文章。

编辑的网名也叫得深远、有幽趣："午后的遐想"。我们常常丢掉遐想，直称她"午后"老师。午后每天来论坛里选稿子，初审通过的稿子，会在文章标题后面留下金贵的三个字"已下载"。所以，每天晚上，上论坛，看谁谁谁被下载了，一帮五湖四海的坛友，隔着薄薄的显示屏，拱手相庆，跟帖祝贺。

隔那么半个月一个月的样子，被下载的稿子中，终审未通过的，午后发帖，列出被毙的稿子题目。那是最人心激奋的时候，一个个被毙得人仰马翻，却依旧山花烂漫。

那真是一段很纯文学的时光。

后来，一帮子人觉得不过瘾，谋划着来次小聚会。

"五一"长假，在南京。都是第一次见面，啊，你是"503"啊！啊，你是"红泥醅酒"啊！啊，你是"风中立人"！怎么怎么？你是"乡下玉米"？对啊，对啊，我是许冬林……

大家ＡＡ制，租了一间会议室，还请来编辑午后老师。没想到午后是那样优雅美丽的一个女人，像一块老玉，温和，圆润，通透，又博学多慧。她闲闲道来，谈我们每个作者的文字，谈大家今后的写作方向。然后，三三两两合影，一张又一张，又热烈又腼腆地秀各种姿势。

《扬子晚报》的记者后来也来了，还带来一面长而红的条幅，上面印着"扬子文苑网友聚会"的字样。我们牵开那红条幅，在饭店的后园子里照了张大大的合影，背后是一丛江南的细瘦紫竹，枝叶婆娑。

下午，一帮人换地点，转战街角一家咖啡馆，这是个有些僻静的地方。我们好像是一路走过去的，那时，南京的老梧桐还没有被大肆砍伐，浓荫交叠，阳光覆下来，落在头上肩上脚尖上，都是绿色的。

我们就那样，穿过长长的梧桐荫，去咖啡馆，却不为喝咖啡。我们是谈文学啊！臭味相投的一帮人，惺惺相惜，热爱着文学如同热爱着亲人，像梁山好汉一般仗义地谈对方的文字。

谈文学，其实，是以文学的名义，相互喝彩，相互鼓劲。以文学的名义，聚会，务虚，但是觉得值，觉得生动，有意思。

晚上住在宾馆里，有文友的关系，宾馆额外打了折。晚饭是南京大学的一位教授请的，没想到教授隐身为网友"东山银杏"，也在论坛发帖，和我们一起，为文学而狂欢。他说许冬林啊，你不要选择全职写作，那样太累……

心底一阵热热的感动，文学的小道上，是这样前呼后应，古道热肠，大家相逢一笑，珍重珍重！

第二天早上，我们离开南京。去车站前，特意去报亭买了一份当日的《扬子晚报》，那报纸还散发着刚出厂的油墨香，还登着我们头天聚会的大合影。上面紫竹青树丰饶，枝叶婆娑，像我们每个爱文字的人，像我们的内心。

最难忘那个叫苏苏的女子。

她从连云港来，她站了六七个小时的火车，为参加这样一个小小的聚会，这个没有冠上任何奢华霸气口号的聚会。她来，只为爱文学，和我们一样。当天在南大的晚宴，她也没参加。匆匆忙忙，为赶火车，赶着第二天上班。

瘦瘦高高的苏苏，烫着卷发，有着苏北女子特有的明朗和绰约。曾经，有某前任国家领导人去他们工厂视察，下车间，苏苏穿着蓝色的工作服，在领导的身后，高高挑挑的，很有一种蓬勃的朝气。那张照片似乎是在苏苏的手机里，我们传阅着看。

那时，我相信苏苏的文字会走得很远。

她给我寄过当地的《连云港日报》，那上面登了我的小文章。还记得苏苏在那篇文章旁边写了一两句话，写了"冬林"两个字，大意是对我的鼓励和赞赏。苏苏的字，工整娟秀，有清气，像苏北四五月的水稻田。

好像热情不可能总是持续成熔岩喷发的状态，慢慢就慢下来，就懒下来。"扬子文苑"那个投稿论坛后来渐渐就不大去了，不止我，其他文友也渐渐懒于跟帖谈论文章得失事了。博客开始兴起来，之后又有微博，万象更新，大家都埋头打理自己的一亩三分地，上论坛的人越来越懒了。

还好，还有个作者群，偶尔有什么，大家会在群里聊几句。多半时候，群里也是冷清的。好像所有写稿的旧友们不在写稿，便在闭关打坐。

得知苏苏去世，也是在群里。

凛然一惊，惊了又惊，苏苏是得肺癌走的。那么年轻的苏苏，像棵白杨树一样挺拔又高挑的苏苏，怎么会得肺癌呢？她的孩子还小啊！她的文集还没出版啊！

那段时间，群里是长长短短的叹息，为苏苏。之后，相继有回忆悼念苏苏的文章，贴在论坛里，是否被下载皆不在意。只想着，要对苏苏说话，觉得苏苏还在文字里，还和我们在一起。

我没写悼念苏苏的文字，我读着他们写苏苏的文章，但我自己写不下去。我的心里像覆着一层霜草，不敢翻，一翻自己就觉得冷。

狐兔之悲。

是一种深深的狐兔之悲，震得我好长一段时间怕对键盘。同为女人，同为一个热爱文字的人，我和她，甚至我们一帮昔日的坛友，我们身上都有太多相同的东西。臭味相投啊！是工整地过日子，过烟火日子，又迷恋在烟火之间，有些不同寻常的清逸与悠然。

后来，在群里，看见苏苏的QQ还亮着，那是苏苏的爱人在登录。苏苏的爱人在咨询群里的文友们，关于出书的事。他在筹备给苏苏自费出集子，虽然苏苏已经走了一年可我的眼泪瞬间就落下来了。

我转身问身后的家人："如果有一天，我像苏苏一样，忽然走了，你会不会像苏苏的爱人，也来收集我的文字，整理出版？"

问的时候，泪水又下来了。我知道，生命有多薄，有多脆弱。

忽然就想起关于一个论坛的如此之多的点滴，是因为新近，昔日的坛友又建了一个群，叫"转角咖啡馆"。拉进去的人啊，一帮旧人，都是当年"扬子文苑"的老主顾。503啊，风中立人，马浩，更深的蓝……群主叫一碗月亮。

那年的"五一"，那个下午，在梧桐荫下举办的咖啡宴，她没参加。她在家，生孩子，错过，众人都以为是憾事。可是一想到有个小月亮生出来，众人又大笑。这个叫"转角咖啡馆"的群，连上群主才10个人。真是个小圈子。可是，真好！

朋友说她在英国常常去逛咖啡馆，可是在下午，喝咖啡的人大多是老者。那些老者，吃过午饭，然后戴上帽子出门，沿着一条长长的街道走下去，走到尽头。常常，在深巷，在街角，会有一间古朴的咖啡馆。老人们走进去，三三两两围一桌，喝咖啡，聊天，不时爆出笑声。黄昏的阳光斜斜穿过玻璃门，在地上印出一片融融的白光，老人们于是再次戴上帽子，起身回家。

一定是一帮老友了，来喝咖啡，都不需要事先约定。

我希望这个世界多些转角咖啡馆，在我老的时候，可以随意走进去，热热地喝杯咖啡，跟认识的和不认识的人，都可以平平常常地聊天。

我希望，在喧嚷的尘世间，多一些转角咖啡馆这样的小圈子，来接纳匆忙的脚步。

说追随文学，毋宁说，我欢喜有这样的一些时光：可以在这里握手言欢，也可以在这里黯然神伤。

选自《考试报》2012 年第 31 期

> 每个人都是匆忙的，从一个地方，奔赴另一个地方，没有休息和停留。可是这种状态真的就充实吗？其实不尽然。

一个男细菌

文 / 许冬林

朋友之义，难在"义"字千变万化。

——三毛

正处草莽青春期的中学时代，十几岁，最喜欢妖精作怪，坚决不和男生同桌。

刚上初一，还不知道世上有精子这物种，可是就是不接受与男生小夫妻似的同桌，同写，同读。

好像同坐一条长凳共用一张桌子，男人的气息就会像感冒的细菌和病毒一样，在空气里就近传播，把我们女生传染得生出小孩儿。

这样，搜索记忆，与男生做同桌的时代，大约就是懵懂毫不开化的小学低年级。即便是文明还没诞生的那样古老年代，那几个同桌，相处起来，还总是疙疙瘩瘩。

男生和女生同桌，永远是秀才遇到兵。

我的第一个男同桌，是个矮子，说话又结巴。老师把我分配给他的时候，我拖着沉重的书包，坐在桌子的另一头，心上一片凋零。好像一朝同桌，我便是终身为妻。

那时胆小，只在心里一味委屈，不敢和老师对抗这样强大的命运，也不敢回家和大人说。

倘若貌相不佳，有些歪才也可，可是他都没有。

每次下课，我就匆忙逃离座位，找女同学跳绳。

我多么希望，我的男同桌，他是一个高高瘦瘦的男孩儿，有聪明的脑袋瓜子。他数学题全都会做，考试总是第一，发卷子时候全班同学目光集中扫射我们的桌子。

他还要很幽默，说话动辄把女生逗笑。

他还力气大，有担当，桌子板凳坏了，他来修。开全校大会，他早早一人把板凳扛到大操场上……

他最好还有许多连环画，可以天天借给我看。

我想要这样的一个同桌。多年后，慌忙结婚，成为怨妇，后悔不迭，猛想起当年制定的同桌标准，觉得这尺寸也多么适合找老公。

是啊，老公也要像同桌这样，让我觉得有面子，也有里子。

事实是，我的这个同桌，无才也无貌。

夏天午睡，要在学校集体午睡。我睡不着，一翻身扭头，看见他睡得呀，九曲黄河一般。口水从嘴角流到手背，从手背流到桌子，一路蜿蜒地淌……整个地球都被他淹了。

因为总是战战兢兢地保持远距离，我的小屁股只沾到了长凳小小的一角，这是很危险的。

有一回，打了上课铃，都坐好了，他忽然站起来。他一站起，长凳的那一头就马儿扬蹄嘶鸣一般，把我掀翻在地。

羞得我的脸立刻成了红太阳，全班的向日葵小脸蛋都齐齐转向了我，哄堂大笑。

同桌呢，就傻不楞登地站在桌子边，手足无措。

你站起来时怎么不打声招呼啊？我哭了。老师进了教室，到我跟前扶起了我，我趴在桌子上还是哭。不是为着疼，是憋屈啊。

哭自己的命呀，怎么就没嫁个如意的同桌！

好盼望放寒假，寒假来了，我和他的同桌生涯就咔地结束。下学期，谢天谢地，我终于不是他的同桌了。

下课碰见他，彼此也不作声。从他躲躲让让的眼神里，我猜测，他大约是自卑。长得不高，成绩也不好，还老容易淌口水。而我和他同桌时，成绩比他要好得多，但从不曾慷慨地让他抄过一次。

后来，我们升入高年级，连我弟也上一年级了。

那年夏天，发洪水，我们放学都要经过学校后面一处淌水的地方。那里平时是一条小路，汛期时要从路中间挖出一个缺口来淌水。过这个缺口时，我们都像助跑跳远一般，纵身跃过去，可是书包在后面打屁股，很影响技术发挥。

那天放学，我看见我的早已不同桌的那个旧年同桌，他站在缺口那边，叫我弟把书包先解下来扔给他。我弟就扔炸药包一般，哐地砸过去，他身子一仰，抱怀一接。

接住后，他把书包转给别人，蹲马步一般，双腿横跨缺口两侧，将我弟抱着用力甩过对岸去。然后后腿一蹬，自己也过去了。

他还没走，站在对岸看我，他看出我的犹疑胆怯，又说："许冬林，把书包先扔过来！"

彼时，他个子已经长高。我之后想想，洪水滔滔，他能于危难之时伸手搭救我弟，还接我们的书包，完全是看在我们同桌一场。

这样想，就觉得抱歉起来，我从前不该那样无视他。

多年后，男女同学纷纷择枝而栖，娶妻嫁人。但关于这位平凡的同桌，我却一直不知他的近况。他高中毕业，想要哥哥支援他一笔钱，去做生意，但是他哥哥没有借给他。他一气之下，离家出走，再没有回来。

我不知道，他有没有恋爱过。有没有把爱像细菌和病毒一样，芬芳地传染给一个姑娘。

选自《读者·校园版》2016 年第 8 期

> 我们曾经那么无知，从而毫无理由地排斥了一些人。那些被排斥的人，恐怕特别希望可以接近我们吧。

推己及人就是天使

文 / 张艳君

己所不欲，勿施于人。

——《论语》

　　一天早晨，当她端着一大碗滚热的小米粥要喂他时，万没想到，他会扬起一只手，劈头就朝她打来。没提防的她躲闪不及，那满满的一碗粥便不偏不倚全扣在了她的脸上。她赶紧到洗手间用清水冲了，然而，那被烫伤了的脸却瞬即红肿起来。

　　他是谁？为何这般与她"过不去"？他是她护理的对象，这是她开办老年护理院后护理的第一位老人。

　　老人姓韩，患了脑溢血，丧失了语言功能。他受不了这病痛的折磨，只想一死了之。动不动就发脾气，并且已一连几天拒绝进食了，连他的女儿都一点办法也没有。

　　她凭着自己的一腔热情与爱心，将老人留了下来。老人居然一开始就给了她一个"下马威"，她受尽了委屈。他口不能说，手却尚能写，她拿起笔来与老人"讲理"，最后这事才有了一个还不错的结果。

　　这件事当时给她的思想触动很大，让她认识到，光有热情是办不好事的。护理本身就是一门学问高深的专业，何况自己要面对的多是一些疾病缠身、身心都受到折磨的老人！

　　于是，她开始从书本中学习相关知识，在实践中揣摩钻研老人护理的

　　— 那些年我们学会了承受时光 —

特殊性。慢慢的，她也就悟出了老人护理的一些特点。尤其要在三个方面下功夫：首先是最基本的生活护理，包括饮食调理；其次是医疗护理，也就是救死扶伤；最后是心理护理，这也是要求最高的，难度最大的。

为了尽快系统掌握相关知识，她报考了长春中医学院中西医结合专业。被录取后，白天是没有时间学习的，她只能在晚上将老人们安顿好后，才拿起课本钻研。在三年多的时间里，她每天都要学习到深夜。她更是在老人护理心理学方面下了足够的功夫，全面的护理知识，为她规范护理、科学护理插上了翅膀。

那是一位患了脑血栓的姓聂的老人，他曾先后在两家企业担任过总经理。他的脾气本来就有些古怪，多年的企业领导工作又使得他养成了比较专横的性格。特别是得了病后，更是变得孤僻、暴躁。儿女们一连给他换了好多保姆，都让他气走了。儿女们自己侍候，丝毫也不能中老人的意。无可奈何的儿女们与她商量，将老人送到了护理院。

那是在老人入院的第一天，她正低着头在给老人整理床铺。老人冷不防在她头上来了一拐杖，但她只是和善地看了老人一眼，抚了抚额头，继续整理着床铺，直至将床铺整理得熨熨贴贴。后来，老人似乎蓦然觉得自己错了，有些孩子气也有些自我解嘲地说："你怎么就伤着脑袋了呢？"她冲着老人笑笑。

之后，她尽量抽时间与老人聊天，因为她已经用心观察过老人了，老人就是要别人听他的，聊天时她也就顺着他。她说，这就是"老总情结"在他心里的顽强反应吧。明白了老人的心理诉求后，一切问题也就迎刃而解了。

后来，老人变得非常听她的话，并执意要认她为干女儿。几年之后，老人在临终前，只让她照料自己，并说，有你这样的女儿，我真不想死呵！老人的6个儿女对她更是感激不尽，把她视作亲姐妹。

由此，更是让她深刻体会到，在为老人服务时，只有懂得他们的心理，知道他们最需要什么，才能收到预想的效果。她还说，老人属于弱者，尤其是这些生了病的老人。而于这样一些人，人们往往爱报以怜悯之心。其实，他们并不需要怜悯而是希望平等。

有了这样一种认识，她也就努力争取让老人们享有应有的一份平等，获得本该有的权利。

一天，她接到一个电话：说有一位 77 岁的老人，老伴刚去世，情况十分特殊，希望她能将老人接收下来。这个电话是市老龄委打来的，在弄清事情的原委后，她二话没说，就把老人接到了院中。

原来老人姓李，他有 6 个子女。老伴一去世，他的子女们就将他的房屋财产分割了，又把老人的户口簿、身份证也不知弄到哪儿去了。她见到老人常常独自垂泪："我这一辈子辛辛苦苦将 6 个儿女拉扯大，如今却无立锥之地了啊！"

她不能让老人在这伤心欲绝的泥淖中挣扎，她要为老人讨回公道，让他享有一份应有的人格尊严与平等。思来想去，她决定诉诸法律，帮助老人打赢这场官司。在她不辞劳苦的忙碌之下，终于为老人争回了房屋产权、财产权以及应得的赡养费。后来，老人的三女儿愿意照料老人，她让她把老人接了回去。可老人还常常回到她的护理院小住，原来老人已经把她当作了最贴心贴肺的女儿。

她，就是在长春市绿园区创办了至爱老年护理院的台丽伟。说来更是让人钦佩，她当初开办护理院只是缘于她一颗"推己及人"的心。

她本来是一家国营企业的职工，她上进好学。1995 年初，只因企业有人说她没能处理好学习与工作的关系，就在优化组合时没被"优化"上。在一段时间的痛苦彷徨之后，她终于振作了起来。于是，她做幼儿园老师，推销员，后来将自己的职业定格在了记者上。

正当她记者工作做得顺风顺水时，她的公爹却突然患了脑溢血。丈夫得常常出差，工作正忙，照料公爹的任务就全落在了她的身上。公爹后遗

　　　— 那些年我们学会了承受时光 —

症严重，不能说话，不能行走，心中焦躁，常常对她发脾气。她只是耐心伺候，并不与老人计较，直到几个月后公爹去世。

她想，因有她细心的照料，公爹最后一段时光算是幸福的。可她又突然想到，又有多少生病的老人需要人照顾啊！我难道不能做一件为天下的儿女尽孝，为千家万户分忧的事吗？这个想法强烈地叩击着她的心扉。

她终于下定决心做这样一件事，于是，通过一段时日的紧张准备，1996年6月，她的护理院的牌子正式挂出来了。在挂牌后的第一天，听说那位姓韩的老人患的也是脑溢血，并留有严重后遗症时，她觉得与公爹的情况是多么相似，所以她毫不犹豫地就将老人接收下来了。

如今，台丽伟的护理院由最初的4间小房、12张床，发展到现如今拥有用地5万平方米，建有6000平方米老年公寓，以及具有电视、网吧、图书馆、钓鱼场、门球场、篮球场等的集医疗、护理、康复、养老、学习、休闲娱乐为一体的大型老年护理中心。这些年来，她为一些贫困老人减免护理费医疗费约50余万元，先后安排300多名下岗女工再就业。她本人也获得过"全国敬老孝亲模范""十大创业先锋""长春市道德模范"等荣誉称号。

台丽伟的事迹，不禁让我想起了一句话："养吾老以及人之老"。这可是一句闪烁着中国古老传统美德光芒的话！一个能推己及人的人，其本身就具有一种博大的胸怀。那人格的光辉和璀璨的事业一定会相互辉映，那人生的瑰丽也会永远留驻在人们心间。

选自《晚报文萃》2014年第1期

有人信奉"百善孝为先"；有人恪守"一闯孝义生死关"。有人选择善待老人；有人选择拒绝赡老。美与丑，善与恶，全在一念之间。遗臭万年还是流芳百世，系于一瞬。

两个人的战斗

文 / 朱向青

　　最好的朋友是那种不喜欢多说，能与你默默相对而又息息相通的人。

——高尔基

　　"让我们约定，彼此坚守吧，让我们在坚守中彼此知道：我们不是孤军！"

　　这句话是我的朋友程君说的，说这话时他的脸上显出很严肃的模样，几抹阳光恰恰伫足停留，使他的脸现出几分神圣般的光辉。

　　我似乎觉得他的手马上要高高举起，庄严宣誓了，不由轻笑出声："你是在喊口号吗？""呵呵"，他有点不好意思了，挠挠头，但随即认真地说："我永远是一个理想主义者！"

　　这是一个雨过天晴的下午，天蓝得出奇，云彩似乎都躲起来了，阳光也久别了似的俏吻着大地，等不及地挤进果园里林子的缝隙，放纵地任自己星星点点洒满一地……

　　这时候，我正舒舒服服地坐在园子里，偶尔呷口清茶，漫不经心地听着，整个下午程君都一直在劝我要坚持写作，他热切地讲了很多很多……阳光懒洋洋地照着，我有一搭没一搭地应着，心里暗笑：我怎么会写呢，多少年没动过笔了，有什么可写的，再说哪有时间写呀……

面前的茶早已凉了，耳边飘来他的话语，却依然冒着滚烫的热气：

"你试试，写作能使人充实，体悟人生的真意，写作能内化人的各种素质。"

"不难，你就从写散文开始，再写评论、随笔，而后，不断提高……"

"写作的意义实在是太大了，至少，可以提升我们的思想，托举我们的灵魂！"

程君依然起劲地说着……

我把玩着手中的杯子，随着眼前这人的絮语渐渐地眯上眼睛，杯子也微微地摇晃起来……

写作，真的是很遥远的事了！

读大学的时候或许写过吧？那时，多喜欢看书呀，每每班上的男男女女手挽手，随着熙攘的人流，洒下欢声笑语走向各自神秘夜色的时候，自己就静静地躲在角落里，面前是一本摊开着的书。一任那些"花自飘零水自流"的清词丽句浸润自己的心田，一任那些"一种相思两处闲愁"的柔情漫绪轻舞自己的笔尖……

刚毕业的时候或许写过吧？那时，依然天真地认为，清风明月是一个人的事，依然迷恋独处的那份静谧与安祥，只是心中多了几缕对亲人的挂牵。那时多勤哪，一封封厚厚的书信如鸿雁般，穿梭于远方的兄弟姐妹间，年年月月，彼此思念……

记不清是什么时候，自己不再动笔，是工作渐渐的繁忙？还是心情慢慢的慵懒？或者什么理由也说不上，可是，却依旧心安……忽地，心里空空荡荡……手一松，杯子差点掉地，耳边没了声音。

抬眼看，程君正不解地望着自己，猛意识到自己走神了。我有些不好意思，夺过他正要端起的杯子，"茶凉了，我再去倒一杯吧"。

一杯冒着热气的清茶端来了，放在了程君的面前，坐定，心里的彷徨、不安又涌上来。我忍不住问他："这么多年了，你从未放弃过写作，到底它给你带来些什么呢？"

程君听了，沉吟半晌，坦然开了口："其实，这样的问题也一度困扰过我。我曾经把写作视为生命，一直过着青灯黄卷、食不甘味的日子……可这条道路充满荆棘和艰辛，倾尽心血，有时却难有满意的收获。更何况，比别人多一份明白，也就多了一份忧患；多一份超越也就多了一份寂寞。有时候，我真愿意过一种远离艺术的安宁日子。"

程君呷了口茶，眼睛渐渐亮起来了："但也正因为有了写作，我觉得每天的活着都是一种新鲜的体悟，不再任文字搁置，任思维荒芜！"

"那时候，我挚爱着我的文学，我一直固执地认为，一个读书的人是幸福的。破书万卷、神交古人，读书恢复了我们的知性，使我们变得敏感而极易忧伤，但生命体验却因此更加丰富精彩。这实在是读书对于我们的恩泽啊，而笔耕不辍，舞文弄墨，更是苦中作乐……"

"我用笔记下世间一切普通的人及屑微的物事——记忆里，初春，遍天遍地的雨丝似乎总在低低地为周遭萧瑟的乡村哭泣……耳畔是父亲长长的一两声叹息……一样有风的冬季，当那个黝黑的小伙子蹬着堆满小山般蜂窝煤的三轮车出了小区的大门时，无声无息飞扬着的雪忽然就大了起来，瘦弱的拉煤人的身形就和弥漫的飞雪裹在一起，模糊在我的眼睛里……"

"秋天的一次车祸，朋友来看我，我说这次你可以给我送这样一幅对联了——'瘸腿走江湖，独眼看世界'，横批就是'如此人生'吧。闻言他竟噗哧笑出声来……2006年夏季，我记下这样一件事：北京某报陈记者在救助一个少女时，被三个歹徒当场打得不省人事。现场有两桌食客和几个铺子的老板观望，但没有一个人报警打110，任由歹徒逍遥法外……一年四季酸甜苦辣就这样进入了我的文章里，文字，始终让我喜忧掺半苦乐与共！"

程君稍停，将杯中余茶一饮而尽，似乎意犹未尽："许多人都是有才华的，只是觉得不屑，于是在消磨中时光徒耗，才华渐尽，却浑然不觉，依然眼高手低，不以为然。再后来，与从前对比却已判若两人！"

"所以，写作赋予了我们无比高贵的灵魂，与常人不同的孤独高贵的灵魂——温婉而又冷酷、软弱而又坚硬、热情而又孤僻……在一种生与死的边缘矛盾、挣扎，只有亲近的人才知道啊。"

说着说着程君有些动容，他停下了，转头凝望着远处，我分明看出，他的眼角已微微润湿。我盯着他的侧影：这时的他，一个西北的汉子，表情竟是那么的柔和生动，与周围金黄色的阳光又是那么自然融合……

收回视线，程君继续坚定地说："因为这样高贵的灵魂，我们便有了不竭的生命追求，我们的生活便有了求真求善求美的至高境界。普通及屑微的人物带给我更多的体悟与感动，写作就成了拯救我生命和灵魂的唯一手段。既然不能因诅咒黑暗而获得光明，那就燃起一截小小的蜡烛，为自己的生命照亮！"

"点亮心灯，为自己的生命照亮！"我反复念着这句话，心似乎也跟着亮堂起来了！良久，程君沉默了，可他的话语却如同滚烫热水冲泡出的清茶，在空气里飘香，缕缕生烟，久久不散……

突然我有了一种冲动，我脱口而出："我愿意，我想写！"

程君笑了，带着鼓励，带点怜惜："文字其实是很累人的，文章写完还要欲罢而不忍，一直眷顾。呵呵，不过，文字的魅力也在这里，让你食无味，寝无眠……"

"享受幸福，忍受痛苦——这，是战斗的滋味，苦乐无穷，你，准备好了吗？"

滚烫的茶水触及我的唇，我深深地吸了一口气，是的，我记下了，我记住了这种味道，激荡的战斗的味道……

但我不害怕，因为这不是一个人的战斗，两个人的战斗，而是许多人的战斗！在我们的身边，有更多的战友，彼此注视，相互支持，一同站在了坚实的大地上！

"贴近底层，关注苍生，张扬个性，坚守信仰"是我们高展的文学旗帜，站在这面飘扬的旗帜下，我没有举手宣誓。与大家相比，我自觉渺小，但我却高高仰头，满心虔诚，小声而又坚定地说："我准备好了，时刻准备着……"

相约战斗！彼此坚守！——这一刻，是如此幸福，如此神圣！

选自《语文报》2015年第66期

友情是相知，当你需要的时候，你还没有讲，友人就已来到你的身边。他的眼睛和心都能读懂你，更会用手挽起你单薄的臂弯，从此你不会再感到孤独。

怀念青春，怀念同桌的你

文 / 后天男孩

那时候天总是很蓝，日子总过得太慢，你总说毕业遥遥无期，转眼就各奔东西。

——老狼

我和很多人同过桌。虽然我不能一一说出他们的名字，但每当我过得不顺心时，我就会想起他们曾对我说过的话。

"大头！书读不下去就回家。"

"大头！哪天你发达了，可别忘了我。"

"大头！你这个呆瓜。"

……

一

阿条是处女座，我是水瓶座。他有过一个女朋友，他说她女朋友简直是仙女下凡，他说这话时特别神气。于是，我就问他："她有周冬雨漂亮吗？"阿条诡笑了一阵后，把嘴巴凑到我耳旁："比周冬雨还漂亮！"我一时没忍得住，就一拳打在阿条的大腿上："谁信哪！"

我的话音一落，讲台上的班主任便大吼："胡大头，你给我滚出去！"我慢吞吞地朝教室门口走，班主任盯着我，然后喋喋不休地批评我，批评整个班，再批评隔壁的兄弟班，一直批评到中国的教育制度。

下课后，阿条把我拉回位子，帮我捏腿。还特感激地对我说，班主任整堂课都在当愤青，他就趴在桌子上美滋滋地睡了一觉。

二

刚开始，我和阿条不是同桌。高二下学期期中考试，我们班没考过兄弟班，班主任便让偏科的同学在小纸条上写上想和哪个能帮助自己的同学坐一起。我的数学没考过及格，阿条是数学课代表，我就在纸条上写了阿条的名字。阿条的英文在班里倒数第二，我是英语课代表，阿条相中了我。就那样，我们成了同桌。

我问阿条怎样才能学好数学？他自吹自擂了一番后说，学好数学是女朋友传授给他的独门绝技，说出来得收费。于是，整个夏天我都在请阿条吃冰淇淋。

阿条问我怎样学好英语？我爱理不理，结果，阿条每天都给我捶背。阿条的爹地是城里的保健按摩师，周末时，阿条就会跟着爹学。

每次阿条洋洋得意地说起"学好数理化，走遍天下都不怕"这句话时，我就有种想打他的冲动，他太不把我这个文艺小青年当回事了。好歹郭敬明比很多数理化高手都混得好。

三

阿条细皮嫩肉，绛白的脸上挂着一张樱桃红的小嘴，头顶锅盖，说话有些温柔，特招女孩子喜欢。

我们同桌时他并没有教我学数学，我也没有教他学英语，我们总有说不完的话。

"前排的阿红笑起来真好看。"

"语文课代表才好看呢。"

"你看，她有酒窝！"

"酒窝算什么！"

……

不过，阿条对我讲得最多的就是他和女朋友的故事。他说着说着，眼睛就变得湿漉漉的，这时我就会嘲笑他："条子，瞎编的吧？"他俏皮地抠抠鼻子，擦擦嘴巴，气急败坏地对我说："大头，怪不得没人喜欢你，你真是个没有感情的家伙！"

我们说着骂着，青春就像在哗啦啦地下着大雨，呼啦啦地刮着大风。

四

后来，不知道是谁向班主任打小报告，说我和阿条坐一起总说话，影响大家学习。没过多久，班主任便把我安排在了教室的第一排靠墙的位子，周围全是女生。

新同桌阿红是我讨厌的类型。她留着齐刘海，超大黑色镜框遮住了她原本非常秀美的吊梢眉。

我从不跟阿红说话，她除了吃饭、睡觉，差不多整天都在看书、做题。教室的后墙上贴着每个同学的理想大学，阿红的理想是考北大。

课间时，我经常与阿条厮混在一起。每当我们玩得找不到北时，阿条就会提起阿红，他问我阿红有没有男朋友。我实在气不过，就指着阿条的大鼻子说："怎么会有人喜欢那块木头！"这时，阿条就会瞪大着眼睛看我，说："大头，你去死吧！敢侮辱我的女神。"我没再顶嘴，心里却莫名其妙的。

五

之前我以为自己这辈子都不会搭理阿红，直到有次她发高烧，我才明白青春没有永远的倔强，它会被一些人、一些事慢慢驯服。

有一次，班主任破天荒地组织全班同学在班里看电影。正当我乐呵呵地感受着男主角和女主角在樱桃树下漫步的场景时，突然，阿红拍了拍我的胳膊肘子："大头，我肚子疼，你可以送我去医务室吗？"我看了看她，豆大的汗珠不断地从她惨白的脸上往下落。我赶忙叫来班主任，班主任也急坏了，让我赶紧背她去医务室。我便以一个人背不动为由，顺便叫上了阿条。

当我背着阿红跑到楼梯口，想停下来喘口气时，阿条却一把从我背上夺过阿红，慌里慌张地说："大头，我力气比你大，你先一个人跑去医务室和医生打好招呼。"

到了医务室，大夫说阿红患了急性胰腺炎，得输几天液。我们便轮流照顾阿红。那时候，我才知道阿条所说的前女友原来是阿红。他们中考后因为闹了一些别扭分手了，之后两个人在同一个班念高中，却老死不相往来。但是，这世上的绝大多数人很难做到将青春时所遇到的那个人忘掉，这当中就包括阿条和阿红。

怪不得阿条每天嘱咐我少和阿红搭讪，问我阿红有没有男朋友，说阿红比语文课代表漂亮得多。怪不得阿红的抽屉里一直放着一本叫《梦里花落知多少》的书，原来这本书是阿条送给她的 15 岁生日礼物。

阿条和阿红都迷恋书里的这句话——"自己越在乎的人自己就越不能承受他对自己不好"。

六

阿红喜欢张信哲，喜欢席慕蓉的《无怨的青春》，喜欢收集老唱片。她家里有一台老式的唱片机，她说她不开心时总能从里头听出些沧桑感。然后，她就会哗啦啦地落泪。哭完，她才会感到心里好受一些。

我说，那你真矫情。

她说，是你真不解风情。

我说，你才不解风情呢，人家阿条还是那么喜欢你，你就一点看不出来？

　　　　— 那 些 年 我 们 学 会 了 承 受 时 光 —

她说，我看得出来，可是我有更重要的事情要做。

我说，你这人真没劲。

她不回答，一个劲地望着窗外。窗外只有一棵老掉牙的樟树，有几只麻雀在上面叽叽喳喳跳舞。

我接着问："喜欢一个人会激发人的灵感，可能会让你的成绩更好。你为什么不尝试着再向前一步？"

突然，她竟然回我一句"不愿意浪费青春"。我盯着那棵老掉牙的樟树，我猜它在青春时也一定热恋过某棵树，要不然它凭什么活到现在。它一定还没完成青春时的心愿，它在等。

"你懂什么叫青春？青春就是把头一味地埋在试卷里？青春就是一副明明很喜欢却不敢承认的委屈模样？青春就是为了考北大？青春就是经不起一点挫折，容不下一点谎言？别闹了！青春是 follow your heart，青春是 size the day ！"我终于对阿红发泄一通，可是，阿红还是沉默。

七

不知道什么原因，再后来，阿条成了阿红的同桌。班主任又把我调回后面，我和胖墩坐一起。也许那都是冥冥中被安排好的。

胖墩喜欢打篮球，他常常和我谈科比，可我不爱听。我喜欢写抒情散文，每完成一篇，我就会念给胖墩听。胖墩听着听着总会倒在桌子上，然后呼噜噜地睡了起来。

我便会揪着胖墩的耳朵："你能不能理解我此刻的心情？"胖墩便会举着拳头："你再烦我，莫怪我打烂你的大头。"说完，他又接着睡觉，做梦、磨牙、打呼噜。

终于有一天，班主任把胖墩调走了。我坐在最后一排的角落里，每天孤零零地看着阿条和阿红的背影。他们不怎么说话，各自手头上的圆珠笔不停地转动。谁的橡皮擦掉在谁的椅子旁边，谁就会帮谁捡起来，然后微笑着递给对方。

后来，北大也成了阿条的梦想。

有时，我不得不承认阿条比我的运气好。如果不是那次晚自习我和阿红斗嘴，被班主任看见，阿条的英语成绩怎么可能赶超我。如果语文课代表成了我的同桌，我也准是个学霸。

但是，青春没有如果，一切都走得那么突然，像风一样，一转眼便流浪到另一个城市，换了另一种生活。

选自《语文周报》2012 年第 44 期

青春就像一场秋风一样迅疾，那时候还在打闹的你们，如今已经四散天涯。那个整天斗嘴的同桌，也已经嫁为人妻。终于，青春把我们抛弃了。

— 那些年我们学会了承受时光 —

我有所爱，隔山海

文 / 北卡不卡

母亲的心是一个深渊，在它的最深处你总会得到宽恕。

——巴尔扎克

前几日，北京城被阴沉的雾霾所笼罩，每个人都戴着口罩出行，我亦不能例外。

某个平凡无奇的清晨，我在上班途中接到了父亲打来的电话。彼时恰逢早高峰，地铁里拥挤不堪，我被周围人群推搡得站立不稳，似乎连最起码的耐心也消磨殆尽。

在嘈杂熙攘的氛围里，我下意识地皱起眉头，问父亲：怎么这么早打来电话？电话那端，他沉默了几秒钟，用低哑又疲倦的声音回答我：你妈妈的心脏病又复发了，现在正在手术室里抢救，医生说，情况不太乐观。

我静静地握着手机，认真听父亲把话说完，然后用最为平常的语气对他说：我知道了，我想办法看能不能尽快赶回去。

挂掉电话的一瞬间，我隔着厚厚的口罩，很努力地深呼吸，却仍然抵不过胸腔里弥漫开来的无力感，终究落败垂眸。

长大以后的世界里并无童话，我找不到那扇穿梭时空的任意门，也因此，无法在一瞬之间飞越山遥水远的距离，回到父母的身旁。

我想，这是我最大的失败，亦是我最深的悲哀。

记得《论语》中有这样一句话：父母在，不远游，游必有方。

年幼之时，我时常盼望着长大，想要离开我所熟悉的小城家乡，去寻找另外一种海阔天空。父母总是支持我的决定，并且期许我能拥有极为曼妙的未来。

我曾任性而无知，只将他们的支持视作理所应当。

然而，当时光流逝，我逐渐经历了更多的人和事，才终于体察到父母送我远游时的爱与决心。也因此更加明白，我所无力给予的那份陪伴，于他们而言，将是怎样一种难言的遗憾。

不知从何时起，我开始一次又一次地幻想——若这世上真的存在时光机，我一定要用衣兜里最甜美的糖果与之交换，只盼它能将我带回到过去。

儿时记忆里，父母和善而健朗，岁月天真且无忧。生活中没有病痛与医院，甚至也没有纠结与争吵。整个漫长的青春时期，我曾面临过的最夸张的烦恼，不过是书包里的作业比昨天又多了一些，以及我暗恋的高年级男生总是看不到我的存在……

可惜岁月如流，终究没有人能回到过去。一旦踏入都市的灯火丛林间，我们便只能凭借一腔孤勇奋力前行，努力去适应这个纷呈复杂的社会，去面对那些不断上演的困顿与忧愁。

记不得多少个华灯初上的傍晚，我行走在车水马龙的路上，心头始终弥漫着空茫无依的孤单。我会给家里打电话，却只想听听父母的唠叨，从未提及自己的辛苦。然而我明白，即便我什么都不曾说，父亲与母亲仍然是懂我的，一如我懂得他们寻常话语间的关切与担忧。

这些年来，每当我想远行，他们都会宽容地送我到站台；每当我努力不让他们担心，他们都会隔着遥远的无线信号，仿若无事地与我闲话家常。我多庆幸，能拥有这样的父母，爱我所爱，疼我所疼，亦懂我所想。

岁月诸多烦扰，而亲人之间固不可破的惦念，其实是最长久的解药。

那天下午，我定了一张全价机票，准备下班之后直接去机场。动身以前，父亲再次打来电话，说抢救还算成功，叫我不用担心。母亲虽然住进重症监护病房，但生命体征总算是基本稳定下来。得知这个消息时，我鼻尖酸楚，差一点在办公室里落下眼泪。

我想，这不单单是上苍对她的眷顾，更是命运对我的仁慈。它给予我机会，让我得以尽一份心意，陪伴在母亲的病床前，轻轻牵着她的手，对她说一声：我回来了。

隔着电话，父亲对我说：如果工作很忙，就改天再回来看看。家里没什么大事，不用急着当天就往回赶。

我不愿再耽误一时半刻，只好编造一通善意的谎言，故作无奈地骗他说：机票都已经买了，退掉要浪费好多钱。

四个小时之后，我抵达熟悉的家乡。分明是零下十几度的气温，却令人觉得莫名温暖。我迎着北国冬天所特有的凛冽风雪，急不可耐地打车去往母亲所在的医院。

病房里有刺鼻的消毒水味道，母亲躺在崭白的病床上，面容苍白而憔悴。她听到开门的声音，缓慢而吃力地转头朝这边望过来。只这么一个细微的动作，落入我眼中，就生生割疼了我的心。

那一刻，我终于忍不住泪如雨下。

曾几何时，我尚在咿呀学语，蹒跚学步。那时候，我总也离不开父母的照顾，因而从心底最深处依赖着他们。后来的后来，我从稚嫩的孩童一点一点成长为如今的模样，竟误以为自己与父母之间的纽带已不似从前那么强烈。如今我才明白，这种淡漠是多么深重的罪过。

血浓于水，父母与我之间的爱与依赖，从不会随时光而流失，亦无关年龄与经历。亲情如饮水，虽冷暖自知，却从来都是生命中不可或缺的存在。

我走上前去，哽咽着握住母亲的手，小心翼翼地对她说：妈，我回来了，以后我也经常回家。

她没有说话，只是轻轻、轻轻地对我笑了一下。

母亲的眼角已有皱纹，然而她看我的眼神，却仍和旧时一样，宠溺，纵容，慈爱无双。也许对母亲来说，经历再多的苦难都没关系，只要听到女儿一句宽慰之言，一切就都值得。

人世间有太多无奈，然而再遥远的路途，都无法阻隔真切的爱与温暖，恰犹如空中阴云永远无力分割完整的天空。我与父母，是河流两端的陆地，即便隔着山海，却依然连在一起。

思绪万千，泪眼朦胧。我静静凝望母亲的脸，没来由地想起海明威曾经写过的一句话："每个人都不是一座孤岛，一个人必须是这世界上最坚固的岛屿，然后才能成为大陆的一部分。"

我想，他是对的。

选自《语文周报》2016 年第 33 期

世界上无论什么名誉，什么地位，什么幸福，什么尊荣，都比不上待在母亲身边。如果说爱如花般甜美，那么母亲们就是那朵最甜美的花。

深情唯有落花知

文 / 李娟

命运眷顾有志者，虐待软弱者，抛弃无志者。

——佚名

春寒料峭时节，读画家张震先生的画，穿长袍的男子，手里擎着一枝红梅，向你走来。画上有诗：折得花枝待美人。画中人笑意盈盈，憨态可掬。这幅画就挂在我的书房里，读书累了，望一眼画，只觉喜气盈然。

他爱画梅花，一个人倚着一株梅树，低着头酣睡。树下落红翩翩，一只装酒的葫芦也躺在地上，和主人一起睡着了，梦见梅花梦亦香。

看他笔下的僧人，三两笔淡墨，四五笔线条，洒脱飘逸，行云流水，寥寥数笔，勾勒出的人物，神形兼备，栩栩如生，皆是禅意。画上两个僧人骑着毛驴，踏雪而来，毛驴的黑映着白衣的僧人，骑着毛驴的僧人咧着嘴笑了，酣然淳朴，一派天真。心中有喜，便无苦悲。

我喜欢他的另一幅画《雨中痴读》。下雨了，他撑着一把雨伞，手里捧着一本书，读得忘乎所以，沉醉痴迷。好书如佳酿，哪里还听得见雨声风声？艺术的至高境界，大概只剩下一个字：痴。

他善用枯笔淡墨，简洁灵动，闲逸随性，画出文人内心淡泊高洁的情怀。他的画有一种清新、清雅之气。朴素脱俗，画中人儿，不论读书、对弈、听风、赏花，皆神情安然，悠闲自得，那也是文人一生追求的境界吧。

张震先生的画属文人画，几分古意，几分闲雅，几分仙气，令人难分古今，爱不释手。他的画离现实远吗？好像又不远，那是许多文人心里的梦境。或去踏雪访友，静听松风，或树下读书，品茶听琴。他的画里有诗情，看他的《佛手红莲笺》，一只佛手上轻捻一朵红莲，说不出的清雅和禅意，这是他送给作家董桥先生的一枚莲花笺。

近年文人画在网络上火了，以老树为代表，南京张震先生堪称代表之一，他的画散淡飘逸，有文人风骨。所以，坊间就有"北老树南张震"之说。

张老师哲思小语："凡是能离开的，都不是爱人，艺术上亦是如此"。令人莞尔。艺术是情趣的活动，他三十年来钟情艺术，画画、习字、写作、摄影、策划无所不精。

我问他画画的心得，他只回答两个字：玩玩。说得多好，让我想起王世襄老人，玩，也许是痴迷艺术的人一生最高的境界，他们皆有天真纯净的赤子情怀。

他学画极有才华，无师自通，他的画看似线条简单，其实背后的支撑全来于他的学养和对中国画的理解。他沉迷于画中，画着画着，就形成独特风格，有着很大的个人特征和读者辩识度。

他每天画画、习字，痴迷其中，也乐在其中。一幅画，有时候要画几十遍，上百遍，不如意时，就会反复研画，直至满意。

那些画充满了禅意。他说："禅文化是自悟自省，不偏激，不执着，全在随缘。"说得多好！随缘自在，在画里，是哲理和禅思；在人生里，那是另一种从容豁达的境界吧。

他笔下的梅，清瘦如女子，寒香袭人。那棵松树也是瘦的，风骨铮铮。一个人坐在松树下，仰着头静静听着风声。神态悠然，内心安宁，令我想起宋代马麟的一幅画《静听松风》。

风吹过针叶状的植物，大概是发不出多大的声音，当一个人内心安静时，才能听得见风入松林，松涛阵阵。在他的画前，心一瞬间沉静下来。

只有远离喧嚣的人，才能听见自己内心的声音。

他的画讲究留白，笔墨之妙，妙在疏密，黑白相继，虚实有度。老子说：知其白，守其黑。这是人生的格局和气象，而画中的知白守黑，是懂得留白与节制的，其实人生也是一样，若没有留白，就没有心灵的呼吸。

张老师的书法，一笔一划，出奇的文雅、安静、有书卷气，极少有烟火味。任何一门艺术，只有到了沉静的境界，才有动人心魄的大美。不喧嚣，不热闹，不绚丽，一清如水，平淡天真。

人间最动人的艺术，都是因为一个字"静"，安静是一种奇异的力量。难得他的画和书法，如此安静，读他的画，仿佛闻得见梅花的寒香。

画里深情，唯有花知。

选自《考试报》2016年第26期

人生的价值和觉悟在于奉献和牺牲，而不在于索取和享受。强者创造命运；智者改变命运；弱者屈服命运。

你只有一张脸，但有很多张面孔

文 / 孙道荣

> 欲望被人控制时，它是动力；人被欲望控制时，它是贪婪。

> ——佚名

这是一次实验。

一家视觉工作室，请六个专业摄影师，给同一个人拍肖像照。拍摄之前，工作人员分别向摄影师们描述了这个拍摄对象的身份：他是一位白手起家创业致富的百万富翁；他是一名救生员；他是一个出狱的监狱囚犯；他是一个职业渔民；他是一个灵媒；他是一个成功戒酒的酒鬼。

接到任务后，摄影师们先后走进了同一个摄影棚，他们都将在这里完成拍摄。

第一个摄影师被告知拍摄对象是一位百万富翁，而且是白手起家。他不停地调整自己的拍摄角度，希望能找到一个点，从而拍出艰苦创业而成为成功人士的那种踌躇满志的感觉。

有一刻，拍摄对象坐在沙发上，翘着二郎腿，仰天大笑。对，就是这个感觉！摄影师觉得这真是好极了。他"咔嚓，咔嚓"不停地摁着快门。

不过，很快他又推翻了自己的思路，他觉得这个样子拍出来的人物"土豪"气息可能太浓了，不足以表现一个成功人士的成就感和优越感。应该给他来一个大头照，像那些时代周刊上的封面人物一样，摄影师调整了焦距。

一个女摄影师知道自己要拍摄的是一名刚出狱不久的囚犯，她扫视了一下摄影棚，很快就找到了拍摄背景：一堵斑驳的墙壁。摄影棚里有一张沙发，一张破旧的凳子，她让拍摄对象坐在了凳子上，这样才符合他的身份。

　　为了更逼真地表现出一个刚出狱的囚犯的迷茫、潦倒、惶恐不安，还有一点点桀骜不驯的感觉，她让拍摄对象解开了自己上衣的纽扣。但她觉得好像还欠缺一点什么。嗯，对了，你把衬衣的一只角再扯出来一点点。女摄影师不停地指挥着摄影对象，直到她认为终于找到了一个最满意的角度。

　　在和拍摄对象进行了一番沟通后，另一名摄影师真诚地对拍摄对象说，你是一个很大方的人，你一点都不掩饰你的过去。这名摄影师要拍摄的这个人，是一个戒酒成功的酒鬼。摄影师一只手拿着照相机，一只手向拍摄对象比划着：对你短暂的了解之后，我发现，你能非常勇敢地面对自己，这就是我的照片里要表达的。

　　六个摄影师，根据他们事先被告知的内容，先后对拍摄对象进行了拍摄。最后，他们每个人都挑选出了一张最满意的照片。

　　六张肖像照，挂在了一起。

　　每一张照片，都准确、生动、传神、惟妙惟肖地表达了肖像照主人的身份：这是一张很大的面部特写，眼神犀利，微微翘起的嘴角，显得如此志得意满，他是百万富翁。这是一张扭过来的侧脸照，锃亮的光头，大鼻子，目光尖锐，嘴巴蹙在一起，也许牙关是紧咬的，身后是大面积的阴影，让人觉得沉重，他是出狱的囚犯。这是一张如此灿烂的笑脸，敦厚、善良，给人产生温暖和安全感，他是救生员。他坐在沙发上，双手平放在膝盖上，目光静谧，洞穿镜头，他只占了半个画面；另一半是一张空椅子，仿佛在等待着什么人，整个画面给人一种隐隐不安的诡异感，他是一个灵媒……

　　但这个被拍摄的人，既不是出狱的囚犯，也不是救生员；既不是渔民，也不是百万富翁；既不是酒鬼，也不是灵媒。这六个身份，其实都与他无关。

他也不是演员。

可是，当他被作为囚犯、救生员、渔民、百万富翁、酒鬼和灵媒之后，摄影师们就将他拍出了囚犯、救生员、渔民、百万富翁、酒鬼和灵媒的效果。

这个实验，是想告诉人们，当一个人被假定为某种身份后，他的身上，可能就真的拥有了这个身份所具备的特定潜质。

这个实验，也告诉人们，角度不同，你所看到的人，也许完全不同。

这个实验，还告诉人们，你所看到的表面，往往不是真实的。

从这个实验，我也看到了自己的影子：我们每个人都只有一张脸，但却可能有很多张迥然不同的面孔。我们的内心深处，也许都隐藏着一个魔鬼，促使我们有意无意地扮演着不同的角色。而我希望自己呈现的，永远是一张让人安静、温暖、可信赖的笑脸。

选自《考试报》2016 年第 55 期

人生只有三天：活在昨天的人迷惑，活在明天的人等待，活在今天的人最踏实。人生是一场旅行，自己是自己的朋友，自己也是自己的敌人。